9

義妹生活

三河ごーすと

illust Hiten

研修中
Erina Kozono
小園絵里奈

「浅村先輩ですか。
ふつつかものですが、
よろしくお願いします！」

雨夜

「どこにも行かない。
君の傍にいる」

最後の夏

部活動について

そういえば浅村たちはどうして部活に入らなかったんだ?

俺は勉強とバイトを優先したくて。特にやりたい部活もなかったしね

同じく。集団生活が強いられそうだったのもあるかな

なるほどなぁ
しかし、浅村と綾瀬は性格的にそうなるのは納得として、
奈良坂はなぜ帰宅部なんだ?

弟たちの面倒があるからでしょ

ところが残念! 私は帰宅部じゃないのだよ!

えっ

何を隠そう真綾ちゃん、こう見えて映像制作部の部員でね

ぜんぜん知らなかった……いつ活動してるの?

してないよ

なんだそりゃ

いやぁYouTubeの動画とか撮れたら楽しいなーって思ってさ
機材を借りるためだけに所属してるんだ♪

幽霊部員だね

名誉部員と呼びたまえ!

どんな動画を撮るんだ?

密着! 浅村くんと沙季のドキドキ兄妹生活! ……的な

却下

そんなぁ!

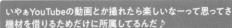

義妹生活 9

三河ごーすと

MF文庫J

Contents

Days with my Step Sister

9

〔口絵・本文イラスト〕Hiten

冷静な人生設計は幸福な人生を約束しない。幸福は刹那の熱狂の中に潜んでいる。

●6月12日（土曜日）　浅村悠太《あさむらゆうた》

大きなキャリーケースを引いた親父《おやじ》と、亜季子《あきこ》さんが並んで玄関前に立っている。

マンションの通路からは青い空が見えていた。

あと1週間もすれば梅雨に入りそうだけれど、今日は晴れて良い天気だ。耳をそばだてれば、下のほう、並木の梢《こずえ》のあたりから雀《すずめ》の声も聞こえてくる。

「ええと……じゃあ、悠太、行ってくるけど」

「お留守番、お願いね」

親父は心配そうで亜季子さんは楽しそうに見える。

「はい。大丈夫です」

亜季子さんに向かって笑顔を作り、親父には「そこまで心配しなくても平気だから」とあきれ顔を作って言い返した。

「ほんとに、ほんとに大丈夫かい？　戸締まりはちゃんとするんだよ？　食事もちゃんと横着せずに摂《と》るんだよ？　面倒《めんどう》だからって抜いたりしちゃだめだよ」

「はいはい。任せろって」

俺がそう返せば、隣にいる綾瀬《あやせ》さんも言う。

「大丈夫ですよ。ご飯もちゃんと作りますし、戸締まりもしますから。留守は守ります、私と――悠太兄さんとで」

悠太兄さん。その聞こえに、俺の心拍数がわずかに上がる。

『悠太兄さん』は、10日ほど前に俺と綾瀬さんの間で新しく取り決められた、家の中だけの特別な呼び方だった。

親父たちには「同居して1年で切りがいいから」とか適当な理由を言ってある。

嘘《うそ》ではないが真実のすべてというわけでもない。

義理とはいえ、兄と妹のはずだった。

だけど俺たちはそれ以上の気持ちを互いに対して抱くようになり、名前のつけられない関係だった夏を越え、ハロウィンでは気持ちを確かめあって……。それからは義兄《あに》と義妹《いもうと》であると同時に恋人同士でもあるという関係へと変化した。

けれどその一方で、親父と亜季子さんのことを考えてみると、シングルファザーであり シングルマザーであった長い時間を経ての再婚である。ようやくできた「家族」だ。

俺も綾瀬さんもそれを崩したいとは思っていなかった。義理とはいえ兄妹《きょうだい》でもあるということを無視できるほど、自分たちの関係を開き直れてもいなかった。

そのためか、進級で同じクラスになったあたりから互いの距離感を掴《つか》みかね、無自覚のうちに共依存の一歩手前まで来てしまっていた。

このままではいけない。そう感じた俺たちは、家での距離感を見つめ直すことにした。

家の中で綾瀬さんは俺を『悠太兄さん』と呼ぶことになった。『浅村くん』よりすこしだけ親しげに、でも後ろに『兄さん』と付けることで兄と妹という立場を忘れないように。

綾瀬《あやせ》さんなりに家での過剰なスキンシップを抑えることを意識して付けた呼び方だった。

逆に俺は、今までの『綾瀬さん』という他人行儀の呼び方から、家の中では多少の距離を詰めた呼び名にしてみた。具体的に言えば名前のみを呼ぶ――『沙季《さき》』と。

ただ、決めはしたものの、俺はまだ綾瀬さんの『悠太《ゆうた》兄さん』呼びに慣れないでいる。

「なんか、ぎこちないわねえ」

亜季子《あきこ》さんに言われて、俺は心拍数が上がる。

「な、なにが?」

「兄さんって言われて、悠太君、落ち着かなそうに見えるから」

「そんなことないよね、悠太兄さん。ね、悠太兄さん。もう慣れたよね、悠太兄さん」

圧が強い。

そんなに連呼すると逆効果じゃないかな。親父《おやじ》が変な顔してるし。

「あ、ええと。うん、まあ。もう慣れたよ」

曖昧に濁したら、亜季子さんが溜息《ためいき》をつきながら「まあいいけど」と言った。

「まあその。俺たちの――俺と沙季のことは気にしないでいいから。せっかくふたりきりでの旅行なんだしさ。楽しんできてよ」

そう、親父と亜季子さんはこれから1泊2日の旅行に出るところなのだ。

再婚1周年記念旅行。

その話を聞いたのがそもそも五日前の同居記念日のことで、そのあと、綾瀬さん経由で親父の想《おも》いを亜季子さんが話してくれた。

親父はこの旅行をやめるつもりだったらしい。

互いに再婚同士かつ未成年の連れ子（俺と綾瀬さん）がいる――ということで計画はしたものの親父としては諦めても良かったと。俺たちが受験生だということもあったのだろう。そこで遠慮すると、かえって子どもたちが気にしてしまうわよ、と亜季子さんが諭したのだという。

「でもやはりふたりだけに留守番させるのは申し訳ないような……」

「太一《たいち》さん、大丈夫よ。今までだって、わたしたちふたりともが家に居ないことあったでしょ。ね、沙季？」

亜季子さんの言葉に綾瀬さんはしっかりと頷《うなず》いた。その顔を見て、亜季子さんがにこりと微笑《ほほえ》む。

まだ名残り惜しそうな親父の尻を叩《たた》いて追い立てる。

「ほらほら太一さん、そろそろ出ないと、道が混んじゃいますよ」

親父はようやくキャリーケースを転がしてエレベーターに向かって歩き出した。

それでも途中で一度だけ振り返る。俺と綾瀬さんはふたりが乗り込むまで手を振って見送った。

ふたりがエレベーターに乗り込んで見えなくなってから家に入った。

「まったく心配性だよなぁ」

親父《おやじ》の顔を思い出しつつ俺は玄関の扉をロックした。

これから2日間は綾瀬《あやせ》さんとふたりきりだ。

「すぐ、ご飯にする？」

綾瀬さんに言われ、俺はスマホを取り出して時間を確認する。7時半を回っていた。

「食べちゃおうか。ゆっくりしてたら昼飯と一緒になるし」

「そうだね」

週末の炊事は、亜季子《あきこ》さんと親父の担当だが、ふたり揃《そろ》っての旅行だから俺たちで自炊するしかない。だから今日の食事は綾瀬さんの、明日は俺の当番になっている。

ふたりしてダイニングに向かった。

「支度、手伝うよ」

「ほとんど終わってるから平気。テーブルに座ってて」

そう言われて何もしないのも負い目を感じてしまう。

いつものように俺はテーブルの上を拭いたり、ご飯をよそったり、飲み物を用意したり、とできそうな細々としたことを片付ける。冷蔵庫で冷やしてあった麦茶のポットも取り出しておいた。グラスに注《つ》ぐと、たちまち表面に水滴の汗がつく。6月も半ばだから、朝から暑い。エアコンは稼働させてあった。

自分の席に座って俺はちらりと料理をしている綾瀬さんの背中を窺《うかが》う。

エプロンの内側に着ているのはオフショルダーの白のトップスで、左右の二の腕のところに小さなリボンが付いていた。楽なルームウェアというよりはチョーカーやピアスなどのアクセを付けてないだけの外着という格好で、1年前と同じで相変わらず隙がない。

あの頃とはふたりの間の関係性はだいぶ変わってしまったけれど。

「じゃ、食べよ？」

綾瀬さんの言葉に俺は慌てて顔をあげる。

いつの間にやら用意が終わっている。ふたり揃って、いただきますと手を合わせてから朝食に取りかかった。

焼いた鮭《さけ》の切り身に玉子焼き、ご飯と味噌汁《みそしる》。ひょっとしたらこの1年で最多になるであろう組み合わせの定番メニューだった。旅館の朝食でもお馴染《なじ》みのやつ。

味噌汁で顔を覗かせている具が気になって、俺は箸を差し込んで軽く混ぜてから言う。

「キャベツだ」

「そう。春キャベツと新じゃが。旬の野菜を具にした味噌汁だけど。変かな？」

「いや。ジャガイモはともかくキャベツには味噌汁の具というイメージがなかっただけ」

なんとなくキャベツというと千切りにしてトンカツに添えてある、という印象が俺にはある。もしくは一口サイズに切ってから玉ねぎとニンジンと豚肉と合わせて炒める、いわゆる野菜炒めの中にあるイメージ。

「ふつうに味噌汁にも入れると思ってた。まあ違和感があるならシチューだって考えればいいんじゃないかな」

「味噌《みそ》の味のするシチューって考えてみればってこと？」

「そうそう」

言われてみて目の前の味噌汁を西洋スープだと思い込んでから見直してみる。不思議なもので、それだけで違和感が消えてしまう。

なるほど、これがつまり偏見か。

「ところで、キャベツの旬って、今なの？」

問えばこくりと頷《うなず》かれる。

春キャベツは名のとおり、秋に種を蒔《ま》いて春に収穫するキャベツをいうのだそうだ。

「春っていうか、もう初夏だけど。まだ旬なんだ」

「北のほうだと今くらいなんじゃない？　わかんないけど。売り場でも春キャベツって書かれてたからそこは間違いないと思うよ。新じゃがもそう。それに、前後2か月くらいはズレててもいいでしょ」

2か月ずれたら季節は変わってる気もするけどな。まあいいか。重要なのは美味《おい》しいかどうかだ。

俺は軽く混ぜて汁の味を均一化させたあとで口をつける。

「味噌汁……というか味噌スープ？　どっちでもいいけど。美味しいね。ちゃんと野菜の甘みも出てるし」

箸で摘《つ》まんでキャベツも新じゃがも噛《か》んでみる。熱がしっかり通っていて、それでいてキャベツはシャキシャキ感が残っており、ジャガイモは崩れずにほくっとしたままだった。熱を通す時間も順番もばっちりってことだ。

そして、かすかに舌に感じるこの味は……。

「ショウガ？」

「ん。ほんのちょっとだけ入れてある」

「へえ。さっぱりしていいね」

「おそまつさまです」

俺があまりに褒めるからか、綾瀬《あやせ》さんはややそっけなくそう言ってからもくもくと食事に取り掛かる。1年を通して俺はなんとなくそんな綾瀬さんの行動を、照れからくるものなのだなとわかるようになってきた。

「それで、あさむ――悠太《ゆうた》兄さん、今日の予定は？」

「今は浅村《あさむら》でもいいよ。親父《おやじ》たちもいないし」

「だめ。それだとあなたを他人だと意識しすぎてしまうもの。だからこそ『悠太兄さん』って呼ぶことにしたんでしょ」

つまりそれが綾瀬さんにとって家の中で俺とスキンシップをしない為《ため》の呪文というわけだった。アブラカタブラ。ちちんぷいぷい。兄と妹は家の中で抱き合ったりしてはいけないのだえんやこらどっこいしょ。

ただ、綾瀬《あやせ》さんのほうが遠ざかるだけでは解決しない。彼女はそれによって「特別に親しい家族」という意識を持てなくなるわけだから、俺のほうはちょっとばかり近づかなければならない。

「ええと、今日の予定か……。俺は昼からバイトだけど、さ——沙季《さき》は？」

沙季、と呼びすてると綾瀬さんは顔を綻ばせて微笑《ほほえ》む。いつものポーカーフェイスが崩れる。これだけで彼女のストレスが軽くなるのだというならば、呼び方を変えるくらいは幾らだってできる。……できる、はず。

「今日は買い物に行くくらいかな。洗剤がなくなりそうだし、野菜も。宿題も出てるから、土曜日のうちに片づけちゃおうかなって」

「どうせバイトで駅前に出るから、そっちで買えるものは買ってくるけど？」

「じゃあ、あとで必要なのリストアップしとく。何かあったらメッセ送るから」

「わかった」

「……」

あれ？　なにか期待に満ちた瞳をされてるな——ああ。

「わかったよ、沙季」

「ん。お願いね、悠太《ゆうた》兄さん」

よし。

たぶんこれが今の俺たち——俺と綾瀬さんの適切な距離ってやつだ、と思う。手ごたえはあった。

「どうしたの？」

「なにが？」

「ひと仕事終えたっていう顔つきをしてるから」

「そうかな」

「でも、そういうときって肝心なことを忘れたりするよね。だいじょうぶ？」

「だいじょうぶ。……だと思う」

今のでちょっと不安になってきたけれど。

それから俺たちはごくふつうの日本の朝食ってやつを食べながら、穏やかに過ぎたここ数日の互いの日常を語り合った。

朝、起きたときに喉が渇いていたこと。もう夏だねって。プールの授業も始まるし。そういえば、今年は水着を新調しないとサイズが合わないかも。言いかけて綾瀬さんは誰に向かって話しているか気づいて口籠った。このあたりは、家庭内での会話が亜季子《あきこ》さんとだけだったときの名残りだろう。

それだけ俺が彼女にとって気の許せる相手だと認識されてきたことの証《あかし》でもある。ただ、たとえ実の兄でも目の前に居るときに水着のサイズに言及したりはしないだろう。距離感を決めかねて揺らぐ影響がこんなところにも出ているのかもしれない。

気まずくならないよう、俺は話題を変えることにした。なんでもよかったのだけれど、ふと頭に浮かんだのが――。

「火曜日は球技大会だけど、調子はどう？」

「まああかなぁ。でも、足を引っ張らない程度にはなんとかしたい。悠太《ゆうた》兄さんもそうでしょ」

「だね。バスケはそこまで得意じゃないから」

「そうなんだ。私、あなたがバスケを選ぶなんて思わなかった」

あなた、と呼ばれて、そこでまた俺はどきりとする。

最近になって『浅村《あさむら》くん』と呼べなくなったからだろうか？　綾瀬《あやせ》さんの呼び方には、ときどき二人称代名詞の『あなた』が混ざるようになった。繰り返すには『悠太兄さん』という呼称は長すぎるからかもしれないし、もしかしたら兄と呼びたくない無意識の作用かもしれないが。それでも、慣れない言い回しに俺の脳が付いていけていなかった。

「吉田《よしだ》に誘われたんだ」

「最近、仲良いよね」

「修学旅行で一緒だった縁でさ」

「ふたりとも頑張って練習してるのは見えたよ。シュート、決まってたね」

俺はバスケットボールを、綾瀬さんはバレーボールを選択したため、練習は共に体育館だった。だからお互いの様子を見ることができる。

「見ていてくれたんだ。まあ、そのときたまたま入っただけだよ」

「でも、いちど入ったんだったら、またできるってことでしょ」

「そのためには、もっと練習しないと……」

決して上手《うま》いわけじゃないんだから。

インドア派の俺では運動部である吉田のようにはそもそも体がついていかない。それでも持久力だけは並よりは上かもしれなかった。本屋というのは実のところ肉体労働なのだ。運動音痴というほどではないのも救いだった。

「テニスよりは向いているのかもね」

「そういう沙季《さき》こそ、ちゃんとレシーブもアタックもできてたよね。上手だと思う」

ボールを掴《つか》んでいいバスケに比べて、ボールを弾《はじ》き返《かえ》さなければならないバレーボールのほうが難しそうに思える。というか、俺が体育でやったときはロクにボールをレシーブできなかったし。

「私だって得意じゃないよ。でも、どうせやるなら仲間に迷惑かけたくないから」

綾瀬さんが苦笑を浮かべつつ言った。

「まあ、お互いできる範囲で頑張ろう」

「だね」

そもそも、俺たちはふたりとも自分たちの選択に驚いている。俺がバスケットボールを綾瀬さんがバレーボールを選んでしまったことが。

去年までは他の人とかかわらなくても済む個人競技のテニスを選んでいた。俺も、綾瀬さんもだ。綾瀬《あやせ》さんなんて、球技大会の練習にあてられていた体育の授業で、練習を放り出してサボっていたっけ。

まあ、練習していたと言い張る奈良坂《ならさか》さんも超特大ホームランをテニスで披露していたわけで、真面目にやっていたと言えるかといえば疑問なわけだけど。

話が逸《そ》れた。とにかく俺たちはふたりとも団体競技だけは絶対に嫌と言っていたくらいなのだ。

それがふたりとも今年は団体競技に出場とは。

朝の光の中、食卓を共にしながら会話がときおりぽつりと発生しては続いていく。

時間もゆっくりと流れている気がした。リビングのテレビも点《つ》いておらず、心を波立たせるようなニュースも音楽も流れていない。テーブルの中央に置いた大きなサラダボウルへと箸を伸ばすたびに、綾瀬さんの髪が肩から流れて落ちる。

伸びたなあ、と思う。いちどは短く切った髪ももう前と同じほどの長さに戻っている。明るい色の髪のふちが窓から差し込む朝の光を受けて輪郭を失って透けて見えていた。

「なに？」

黙って見つめてしまっていた視線を慌てて逸らす。

1年前に突然できたこの義妹と、週末を初めてふたりきりで過ごすわけだ。

亜季子《あきこ》さんの言ったとおり、これまでも、両親ふたりとも夜遅くまで帰ってこない日はあったわけで、そういう意味ではいつもの日々と変わりはしない。それでもまるまる1日の間、両親が居ないことが確定しているというのは覚えがない。

ふたりきりなわけだ。俺と綾瀬さんが何をしていても止める相手も咎《とが》める相手も居ない。

もちろんそれで何をするというわけでもないのだけれど。

「ごちそうさま」

ぼんやりと考えごとをしている間に、綾瀬さんはさっさと朝食を食べ終えてしまった。

「あ、ごめん」

「ゆっくりでいいよ。土曜日なんだし」

急《せ》かすでもなく綾瀬さんは湯沸かしポットの電源を入れた。食後の紅茶かコーヒーでも淹《い》れるつもりなのだろう。

「でも、俺もバイトあるから」

「何時に出るの？」

「10時には出ないと。入りが11時なんだ」

あまり余裕はない。食事の後片付けを済ませ、洗って干しておいたバイトの制服を鞄《かばん》に詰めると、もう家を出る時刻になってしまった。

昼休憩の時に食べられるように作っておいたよ、と綾瀬さんから弁当を渡される。

コンビニ弁当で済ませるつもりだった俺は、ありがたく感謝して受け取った。と、同時に明日の綾瀬さんのバイトの時は俺も何か作ってあげたほうがいいかなと考える。

自転車を駆って駅前へと走った。

いつもよりは飛ばせなかったのは、籠に入れた弁当箱がかちゃかちゃ鳴る音が気になってしまったからだ。せっかくの綾瀬《あやせ》さんの手作り弁当が崩れてないといいのだけど。

バイト先の書店に入る。

制服に着替えて事務所に顔を出した俺は、部屋の中に見知らぬ女の子が居て、店長と話しているのを目にした。誰だ、と疑問を浮かべるよりも早く少女が俺のほうを見てお辞儀をしてくる。

「初めまして。今日からお世話になります、小園絵里奈《こぞのえりな》です」

頭を下げつつ名乗った少女は俺よりは年齢がひとつふたつ下に見えた。

たぶん、ふたつ下、高1かな。

新学期が始まってまだ2か月。中学生っぽさがちょっと残っている。

背は低い。俺の知っている女性だと、甥《おい》っ子姪《めい》っ子《こ》を除けば今までで一番低かったのは奈良坂《ならさか》さんなのだけれど、それよりもさらに低かった。目を合わせようと思ったら、膝を軽く曲げないといけない感じだ。

そのためか、奈良坂さんよりもさらに小動物感がある。

柔らかそうな髪を頭の左右の高いところでまとめているのも子どもっぽさを感じる理由かもしれない。女性のヘアスタイルには詳しくないが、確かツーサイドアップと呼ばれる髪型だったはず。

ちょっと面白いなと思ってしまったのが、髪の色が二色だったことだ。黒髪の中に何房かピンクが混ざっている。

実のところ、新しいバイトだろうなと見当はついていた。

店長にもっとも頼られている学生バイトの読売《よみうり》先輩は就活と卒論で忙しくなると言っていた。ゆくゆくは出勤時間をぐっと減らすことになるので休日に出れる学生バイトを増やしたいとか店長も言っていたっけ。

「おはようございます、店長」

「うん。浅村《あさむら》君、おはよう」

いつも浮かべている柔和な笑みを崩さずに店長が俺に挨拶を返した。

改めて頭を軽く下げつつ、ちらりと少女のほうに目をやる。俺の視線の意味を悟ったのだろう。店長が紹介してくれる。

「前にちょっと言っていたけど」

「新しい学生バイトの話ですか？」

「うん。彼女が今日から入ってくれることになったんだ。ええと、こその、じゃなくて、こその……でいいんだっけ？」

「はい。『こその』です。ちっちゃいガーデンって書きます」

「がーでん……ああ、庭じゃなくて園のほうってことか」

「はい！　ちいさい窓でこまど、小さいお船でこぶねっていう感じで、小さいガーデンでこそのです！」

「うん。わかった。小園《こその》さんだね。俺は浅村《あさむら》です」

「浅村先輩ですか。ふつつかものですが、よろしくお願いします！」

「あ、いや。こちらこそ……よろしく」

待て。よろしくってなんだ？

「彼女にもいま話してたところだったんだけどね。小園さんのフォローを浅村君に任せようと思ってるんだ」

「俺、あ、いや、わた——自分、に？」

「はは。無理しなくても浅村君は口調が丁寧なんだから、そのまま『俺』でだいじょうぶだよ。少なくともこの店では誰も怒らないさ」

しかし、それに甘えていると将来困るのではないか。まあ——今は新人バイトのお世話について話し合うほうが先か。

「自分もまだ下っ端ですが」

高1のときからだから丸2年になる。確かに学生バイトとしては長いほうだろう。けれど、読売《よみうり》先輩をはじめ、この店には俺よりも長く勤めている人もいるし、なによりも年齢的に俺と綾瀬《あやせ》さんがこの店ではいちばん下なのだ。小園さんが入れば彼女が最年少になるわけだけれど。

「歳《とし》が近いほうが相談もしやすいと思ってね」

「まあ。でも、自分はあまり教えるの上手とは――」

「綾瀬さんも君に頼っているみたいだし、ここはひとつ、ね。読売さんにおとどし色々と教えてもらったろう？　それを思い出してくれれば。もちろん、君ひとりでとは言わないよ。読売さんにも頼んでおくつもりだし、困ったときには相談してほしい」

ただ、と店長はつづける。読売先輩は今日も夕方からの出勤で、やはり充分に面倒《めんどう》を見ることができるとは言い難い――と。

そこまで言われてしまうと、俺としても断る理由を見つけられなかった。

俺が高1でこのバイトを始めたとき、教育係を買って出てくれたのが読売先輩だった。そのときに書店員のノウハウを叩《たた》き込んでくれて、巡り巡って今度は俺がそれをする番だと言われてるわけだ。受けた恩は誰かに返してこそだろう。因果は巡る。

聞けば、小園さんは書店バイトどころかバイト自体も初めてだという。

2年前の俺と同じ状態なわけだった。俺の対応如何《いかん》によってバイト生活に対する印象が決まると思うと責任は重大だけど……やるしかないか。

「うまく教えられるかわかりませんが、できるだけ頑張ってみます」

「はい！　ありがとうございます！」

元気よく言って、ぺこりと頭を下げた。

そのときの彼女に対する第一印象は、明るくて礼儀正しいな、だった。お日様みたいな明るさというか、いやちょっとちがうか。奈良坂《ならさか》さんを見ててリスか子犬みたいだと感じたことがあるけど、あれよりもっと小さい――。

「ハムスター……」

「え?」

「あ、いやこっちの話」

元気のいいゴールデンハムスターみたい――と言いかけて慌てて口をつぐんだ。それが小動物感あふれる新人バイトの第一印象だった。

「店の案内からしたほうがいいですか、店長」

「うん。お願い」

店長に言われて、俺は店の中の配置から教えることになった。支給された制服をもたせ、着替え用の更衣室へと案内する。着替えてもらっている間に俺は店内をひと周りして、どの順番で案内するかを考えておいた。

土曜日だからということもあり、俺の今日のシフトは長めの時間を申請してある。店長からのお墨付きだ。彼女――小園《こぞの》さんの教育の為《ため》に時間を取ってもだいじょうぶだろう。

店内を1周してくると、小園さんが着替えを終えて出てくるところだった。ちゃんと胸には研修中のバッジも付けている。

「じゃ、こっち来て。店の裏側から案内するから」

「うら……なんかヤバそうな響き……」

「ちがうちがう。バックヤード——ええと、予備の商品を置いておくところだよ」

「ああ。倉庫ですね！　先輩が裏とか言うから勘違いしました」

その勘違いは俺のせいではないと思う。

小園さんを倉庫へと連れて行った。

「取次から配送されてきた本はここに置いてある。取次というのは、本を作る出版社と、この店みたいな書店との間に入っている橋渡しの業者のことで——」

「問屋さんですね」

「そうそう」

俺は倉庫の役割をざっと説明してから、売り場へと戻った。

「さっきまで小園さんと店長が居た部屋が事務所。休憩のときは隣にある休憩室か、事務所で休むか、ちょっとくらいなら外に出てもいいよ。自販機のコーヒーを買いに行くとか。お茶だったら休憩室の給茶機もあるけど」

「お茶、苦手なんですよねー、苦いから」

「なら自販機を使うといいかな。ジュースもあるし。けど店の外に出るときはエプロンとバッジは外したほうがいいかもね。食事休憩なら着替えて出る時間もある」

それから俺はちらりと店の中の時計を見た。

11時半を回っている。ぼやぼやしているとすぐに食事休憩の時間になってしまう。

「じゃ、ざっと店の中を案内するから」

「はい！」

俺は小園《こぞの》さんを連れて、店の入り口のほうへと回る。

「どんな店にも『動線』っていう概念があるんだ」

「はあ。ええと……？」

「建物内を人が移動するときに、どういう順番で巡っていくかを線で表したものを動線っていう」

「ああ、だから入口に戻ったんですね」

小園さんの言葉を聞いて、勘が良い子だな、と思った。

「うちの店の動線に従って案内したほうが覚えやすいかなって思ってね。ぜんぶを覚えるのは無理だろうけど、なんとなくでいいから聞いておいて」

「わかりました」

渋谷《しぶや》駅近くに店舗を構えているこの店に訪れる客とはどんな人たちなのか。俺はそれを伝え、客層に合わせて本がどのように並べられているかを説明しつつ、ぐるりと店の中を1周していく。2年前、初めてバイトを始めたときには読売《よみうり》先輩が今の俺のように案内してくれたことを思い出した。

初めてのバイトでは緊張もしているだろうし、いきなりたくさんのことを教えても覚えられるはずもない。

だから伝えた内容のすべてを覚えることは期待していない。商店の棚の配置には意味がある。それがなんとなく伝わればいいのだ。

それから、バイトが行う基本的な業務内容や挨拶などから教えていく。

最後にレジカウンターの内側まで案内して、レジを打つ仕事についても簡単に触れた。

ただ、昨今のレジ打ちには覚えておくべきことが多すぎるから、しばらくはレジを打つ店員の隣に立って本のカバーを掛けたりする仕事から始めることになるだろう。

案の定、クレジット決済の受け方などを説明したあたりで、小園さんの顔には、とても覚えきれないと言わんばかりの戸惑いの表情が浮かぶようになった。

まあ、このあたりまでが初日の限界だろう。

事務所に戻る。ちょうど12時になるところだった。

ついでにと、休憩時のタイムカードの切り方を教える。昨今だと入退出をＩＣカードで管理している会社もあるらしいが、うちの店はいまだに紙のタイムカードだった。長方形の紙を機械の細い穴に差す。軽く押し込むと、するりとカードが機械の中に消えていく。がちゃりと音がして現在の時刻が刻印されて、するすると出てくる。

この刻印された時刻を元に実際の勤務時間を割り出すわけだ。

「おもしろいですね」

「まあ、ＩＣカードのほうが楽だとは思うけどね」

売り場の決済は電子化されていっても、社員の管理はいまだにアナログ。まあ、それも徐々に変わっていくんだろう。

「というわけで食事休憩の時間だよ。今から1時間は休憩時間。続きはその後でってことで。出ようと思えば外食もできるけれど、どうする？」

「あたしはお弁当があります。休憩室で食べても？」

「だいじょうぶ」

「……飲み物、どうしよっかな」

彼女はぽつりと言った。そういえば、お茶が苦手と言ってたっけ。

「外の自販機で買ってきてもいいし、白湯《さゆ》でいいなら給茶機でも飲めるよ」

「ありがとうございます」

小園《こぞの》さんは荷物を置いてあるロッカーへと走っていった。

書店は食事時でもふつうに開いているから、その間もバイトの誰かは働いている必要がある。他の店がどうやっているかは知らないが、この店では、昼休憩のタイミングは手の空いた者から順に、ややずらして取るようにしていた。

普段ならそうしてるけど、今日はこのタイミングで俺も食事にしたほうがいいかな。

店内の混み具合を見ていると、繁華街の客も昼食を食べに行って書店の客が減っている
この時間に食べてしまうほうがよさそうだった。食べるのを後に回すと、食事が終わった
小園さんを手持ち無沙汰にすることになるし。

弁当を取ってきてから休憩室に戻ると、まだ小園さんは来ていなかった。

気にせず食べ始めることにする。

給茶機で淹《い》れたお茶をお供にして、綾瀬《あやせ》さんの作ってくれた弁当箱を開ける。

「へえ。三色弁当か」

上から見ると、弁当箱が国旗の如《ごと》くきれいに三分割されていた。真ん中の白いところはご飯で、右がオレンジ色、左が黄色かった。

右のオレンジ色は、ほぐしたシャケをご飯の上に重ねたものだ。朝食に焼いた塩鮭《しおじやけ》をそのまま弁当の具へと転用したわけだ。朝食を作っているときにはもう、お弁当の中身を考えていたのだろう。左の黄色のトッピングは炒《い》った卵だった。箸で摘《つ》まんで口に入れてみたけれど、出汁《だし》の味がして、すこしだけ甘みがあって美味《おい》しい。

ランチバッグには弁当箱と重ねて小さなタッパーが入れてあった。外から見てもわかるのだけれどサラダが詰めてある。レタスとタマネギと千切りのニンジンがぎっしり。プチトマトがひとつ入っていた。タッパーの角に魚の形をした小さな調味料入れ《ランチャーム》がひとつ。不透明の液体が入っている。たぶん、ドレッシングだ。ふり掛けて、サラダから箸をつけた。

小さなタッパーに入っていたサラダを食べ終えてから弁当箱に取り掛かる。

炒《い》り卵《たまご》を下のご飯ごと箸ですくいあげて舌に載せた。やや湿りけを残した炒り卵とすこし水分の抜けてしまったご飯が口の中で絡みあってパサつかずにちょうどよく噛《か》みしめられる。

美味しかった。そして、もどかしかった。

明日は綾瀬《あやせ》さんがバイトの日で、彼女の昼食用に俺もお弁当をもたせてあげたいが、このレベルの弁当を作れる気がしない。

ドアの開く音がして俺は視線をあげる。小園《こぞの》さんがランチバッグを抱えて入ってきた。

「おじゃまします。あ、先輩もお弁当ですか？」

そう言いながら俺の背中越しを通って向かいの席へと回った。

長方形の長机のはす向かいに座った小園さんが俺の弁当箱のほうへとちらりと視線を送ってきた。

「美味《おい》しそうですね。先輩が作ったんですか」

「あー」

どうしようか。嘘《うそ》を言うのもなんだしなぁ。

「家族に作ってもらってるんだ」

そう答える。これなら嘘ではない答えだ。嘘ではないことと真実であることは同じではないというだけで。

「へえ」

「そういう小園さんは？」

話を逸《そ》らしたな、と悟られたかもしれないけれど、幸いにも小園さんはそれ以上は突っ込んでこなかった。

「あたしはママに作ってもらってます」

言いながら、ぱかっと自分の小さなお弁当箱を開ける。そのまま凍りついたように小園さんは動きを止めた。

弁当箱のご飯の上にピンク色のふりかけが敷き詰められていた。

「ママってばもう高校生なんだから桜でんぶはやめてって言ったのに……」

なにやら歳《とし》相応の扱いをされなかったことを嘆いているようだ。

けれど、文句を言ったわりには、いただきますと手を合わせてからはニコニコと笑みを浮かべながら満足げに箸を動かしている。この顔を見てしまうと、桜色のふりかけをまぶしてしまう親の気持ちもなんとなくわかる気がした。

そのあとはあまり会話を交わすこともなく休憩時間が終わった。

ふたたび小園さんを伴って棚の整理の仕方から教えていると、すぐに退勤の時間になってしまった。まあ、バイト初日としてはこんなものだろう。

ふたりで事務所に戻る。誰もいなかった。そろそろ夕方とあって店内も混みあう時間帯だ。店長を始めとして、みんな店のどこかで忙しく働いているにちがいない。

退勤の挨拶は必須ではないが……。

さてどうしようかと悩んでいると、部屋の扉が開いて、鼻歌混じりの声が聞こえる。

「ふっふーん！　おはようございやーす。後輩君。元気してたー？」

長髪を頭の後ろで一束にまとめたスーツ姿の読売《よみうり》先輩だった。

「ご機嫌ですね」

「面接の手ごたえがまあまあだったのだよ。褒めてくれていいんだよぅ」

「おつかれさまです」

「褒めてないよ？」

「頑張りましたね」

「後輩君が褒めてくれない……ねぎらいといたわりは嬉《うれ》しいけど、凄《すご》いとか偉いとか天才とか褒めてくれてもいいんだよぅ。先輩サービスが足りないよぅ」

「先輩サービスってなんですか……」

「だって、しんどかったんだってばぁ……ん？　おっとっとっと、なんてこと。かわいいあなたはだぁれ？　あらあらあら」

一段階高い声を出しながら俺の後ろに隠れるように縮こまっていた小園《こぞの》さんへと近寄る。

未確認生物——もとい未確認先輩に近寄られた小園さんがやや体を引く。

無理もない。

「あ、あの。ええと？」

ぐるっと小園さんの周りを回ってかわいいとかよきーとか言っている。ひととおり後輩のかわいさを鑑賞し終えると、読売《よみうり》先輩は、戸惑う新人へようやくふんわりとした笑みを浮かべた。

後ろで髪をひとつにまとめていたバレッタを外し、左右に軽く振ると、肩へと扇が広が

研修中

るように黒髪が零《こぼ》れ落《お》ちる。

見慣れた読売《よみうり》先輩になった。

「はじめまして。私は読売栞《しおり》」

言いながらぺこりと頭を下げた。すっと体を起こしたときには、さっきまでのおっさんな雰囲気はどこかへ消え、黒髪ロングの清楚《せいそ》な和風美人女子大生が顕現していた。

「は、はじめまして。あの、小園絵里奈《こぞのえりな》です」

「もしかして、新しいバイトさんかな？」

「はい。えっと、今日からここで働くことになって、えと……」

「だいじょうぶ。女の子同士なんだから固くならなくていいよ。そんなに緊張しないで」

緊張させたくないなら、出会ったばかりの後輩女子相手に不躾《ぶしつけ》な視線を注ぐなと思う。

「あ、あの……」

小園さんが戸惑いを顔に浮かべている。

いきなり現れて好き放題言ってる謎の人物について説明してほしそうだった。

「この人は、読売栞先輩。ここのバイトで、学生バイトとしては古株。小園さんにとっては大先輩にあたるかな」

「ふるかぶゅーなし」

「じゃあ、ふるつわものですか」

「気軽に『先輩っ』て呼んでね♡」

読売先輩が語尾にハートマークをぶらさげながら言った。

「わ、わかりました。ええと、読売先輩っ！」

「はぁい。うん。かわいいねぇかわいいねぇ」

「そう、ですか」

「初々しいのがまず良い！　そしてその髪！　インナーカラーいいねぇ。似合ってるぅ」

「ありがとうございます」

ひょっとして髪の内側が明るい色になっていることを指して言っているのだろうか。俺はつい疑問を口に出してしまう。

「インナーカラーって言うんですね」

俺の言葉を聞き取った読売先輩が簡単に解説をしてくれる。インナーカラーとは髪の内側を表面の髪色とはちがった色に染めるお洒落《しゃれ》らしい。

日本人は黒髪が多く、顔の周りが沈んだ印象を与えがちになる。けれど内側を明るい色にすれば表情を華やかに見せることができる。そういう理屈らしかった。

「わたしもやってるよぅ」

言いながら髪を片手でさらりと掻《か》きあげる。

「えっ。すごく自然な黒髪に見えますけど」

「後輩君って、ショウウィンドウの着替えにも気づかないタイプだもんねぇ」

……それ、綾瀬《あやせ》さんにも言われたなぁ。

「面接の前に、耳周りのところにすこしだけ茶色を入れてみたんだ」

「そう……なんですか？」

ぜんぜん気づかなかった。

「こうすると、顔まわりが明るくなって相手から表情が見えやすくなるのだ。面接で大事なのは相手から表情を見えるようにすることなのだよ。せっかく笑顔でいてもさ、相手にそれが伝わらなかったら、もったいないでしょ」

確かに。

「でも、お洒落《しゃれ》の一種なんですよね。お堅い会社だと怒られませんか？」

「怒るかもね」

「いいんですか、それ」

「あのね、後輩君」

なぜか真面目な顔になって読売《よみうり》先輩が言う。

「わたしは自分の外見が他人からどう見られるかを知っていて、自分に有利だからとそのまま放置していたんだけどね。長く付き合う相手には表層と内面のギャップはNGなのだよ」

「ああ、先輩、お堅いのは苦手ですもんね」

そうだった。読売先輩は黒髪ロングの楚々《そそ》とした和風美人であるのは外見だけだ。

俺と読売先輩の会話を聞いていた小園《こぞの》さんが言う。

「怖くないんですか。面接に落ちたらって」

「絵里奈《えりな》ちゃんだって。あ、名前で呼んでもいい？」

小園さんが頷《うなず》く。

「はい」

「絵里奈ちゃんも、そのヘアスタイルにしてからお店の面接を受けたんでしょう？」

「あたしは……その、落ちても他を探せばいいやって思ってたから」

「同じだよぅ」

「でも——就職なんですよね。バイトとは違うような」

「誠意を尽くすんだったら、偽りの姿を見せないほうが誠意だって思わない？」

言われて小園さんが考え込む。

真剣に読売先輩の言葉を咀嚼《そしゃく》しているみたいだけれど、果たして読売先輩のほうもそこまで真面目に考えていたかどうかはわからない。案外、面接があることを忘れてうっかり染めてしまったのかもしれないし。

「うーん。ああ、でも、あたしも……中学までは黒髪一色だったんですよね。髪をいじるなんて考えたこともなくって。でも、高校が決まって制服姿で鏡に映る自分を見てたら、何かこう……これ、自分じゃないなって思って……いちどそう思ったら我慢できなくて」

思い返すようにそんなことを言った。

「うんうん。似合ってるよ、その髪色。明るく元気な絵里奈ちゃんにぴったり。ね、浅村《あさむら》くんもそう思うっしょ？」

「そう、ですね。似合ってる、と思います」

嬉《うれ》しそうにお辞儀をする小園《こぞの》さんを見て。素直ないい子だなと改めて思った。

「ありがとうございます」

そして思う。人の外見というのは様々な思惑が絡み合って成立しているのだなと。

読売《よみうり》先輩も綾瀬《あやせ》さんも、見せている外見と内面には差があるタイプだ。

けれど、ふたりの外見に対する思惑はほぼ正反対だった。おとなしい女の子と見られても気にしないから放置している読売先輩と、そう見られて舐《な》められることを良しとしない綾瀬さんと。

そして、外見と内面の差を積極的に埋めようとして髪色をいじった、小園さんのようなタイプもいるわけで。

外見を記号的に見て、そこにステレオタイプを当てはめるほど意味のない行為はないのだろう。

と同時に、俺みたいに「どう見られるか」に頓着しないのは珍しいのかもしれないとも思った。まあ、そのおかげで綾瀬さんの隣に立つと浮いてしまうのかもしれないけれど。

もうちょっとくらいは気にしたほうがいいのだろうか。

「……と、いっけない。あの、あたし門限なんで、もう帰らなくちゃ！」

「おお、門限！　なんという懐かしい響き。ん。そーゆーことなら、急いで急いで！」

「はい。ええと、読売先輩、これからよろしくお願いします！」

「よろしくねぇ。気をつけて帰ってね」

「俺は明日はいないけど、たぶん他の人が助けてくれるから」

「はい！」

ぺこりとお辞儀をすると、ツーサイドアップの髪が頭の動きにワンテンポ遅れて飛び跳ねた。背中を翻してたたっと事務所を出ていく。

「あ、じゃあ、俺も帰りますんで」

「はいな。沙季《さき》ちゃんにもよろしくぅ」

ひらひらと手を振る読売先輩を残して俺も事務所を出て行く。

自転車に乗る前にＬＩＮＥをチェックすると、綾瀬さんから食材の買い出しを求める通知が届いていた。


頼まれた食材は主に野菜だった。

ジャガイモとかキャベツとか、重いもんな。

買い物をしながら、俺は明日の食事当番のときのことを考えて幾つかメモにないものも買い足しておく。

帰宅して弁当箱を流しで洗いながら、リビングで単語帳を繰っている綾瀬さんに「美味《おい》しかったよ」と伝えた。

「そう？　ならよかった」

「明日は俺が作るから、よかったら持っていってもらえれば」

「……悠太《ゆうた》兄さんが、お弁当を？」

「そうだけど」

「……作るの見ててあげようか？」

「手伝わせちゃったら当番の意味がないよ。だいじょうぶ。ちゃんとレシピを調べてそのとおりに作るから」

そう主張したのだけれど、綾瀬《あやせ》さんの視線はどう見ても「まともに作れるのかしら」と言っていた。

「いざとなればおにぎりにする」

「あ、うん。それなら」

おにぎり以上のお弁当を作れないと思われてるってことだろうか？

地味にショックを受けつつも、自分の食事当番回を思い出してみると、たびたびやらかしては綾瀬さんのフォローを受けているという現実があるのだった。

魚を焼きすぎて半分以上が消し炭になって食べられなくなったとか、鍋の具材が大きすぎて煮えるまでにお腹《なか》が鳴りっぱなしだったこともある。野菜炒めに必要な野菜の分量を間違えて朝から夜まで献立が野菜炒めになってしまったことも。

「信用されてないね……」

「うーん。もしかして、目分量で料理してる？」

「レシピどおりに計ってるつもりなんだけどね。量も時間も」

嘘《うそ》でしょ？　という目で見られてしまった。

ただ、適量に幅があるときは少ないよりは良いと思って多めにしがちなのは確かだ。

そんな話をしながら洗い物をしていると、綾瀬さんがキッチンまでやってきて俺の買ってきた食材を冷蔵庫に詰めてくれた。頼まれてないものも幾つか買ってきたのはバレてしまったろうから、お弁当の内容も想像できてしまうかな。

「これから勉強でしょ。コーヒーを淹《い》れてあげる」

「ありがとう。沙季《さき》のカップも出そうか？」

「うん。お願い」

ふたり並んで軽く話しながらコーヒーを淹れる。

カップを抱えて俺は自分の部屋へ。

バイトで消えた時間のぶんだけ勉強をしておかないと。

さすがに夏を越えたらバイトもやめるか減らさざるをえない気がするけれど、今はまだ続けて自分のお金をすこしでも増やしておきたかった。高校生のバイト代では大学の授業料の足しにもならないだろうけれど、受かった大学によってはひとり暮らしを始めないといけないかもしれないし。

まだ明日の日曜日があるから授業の予習は後回しだ。宿題はもう終えていた。

俺は受験勉強のスケジュール表をパソコン上に呼び出した。受験に必要な科目を項目別に復習する為《ため》に表計算ソフトを利用して一覧にしてある。最近はオンライン上にファイルも保存できるし、アプリもあるので、この表は実はスマホでも見ることができる。

まあ、管理するときはパソコンでやったほうが楽だ。

「今日は物理でもやるか……」

進行度がわかるようにチェックを入れ、1年のときの教科書を開き、付箋の貼ってある部分から読み直し始める。

大雑把《おおざっぱ》な目論見《もくろみ》としては4月から6月までは1年のときの復習に当てることになっていた。7月から9月までは2年の復習を、10月から12月はもちろん3年で習う部分を復習するわけだ。このやり方の問題点は、最初のほうに覚え直した部分を後半になると忘れてしまいかねないということだった。

それに関しては最初のほうの範囲の予想問題をときどき解くことで回避しようと思っている。間違っていたら、まとめなおしたところをもういちど勉強すればいい。

俺は、当時のノートを開きながら、教科書を読み進め、例題を解いていった。

「新しいバイトの子？」

目の前に座っていた綾瀬《あやせ》さんがぴたりと箸を止める。

俺は頷《うなず》きながら話をつづける。

「ほら、店長が前に言ってたでしょ。読売《よみうり》先輩のバイト時間が就活で減るからもうひとりくらい学生バイトを入れたいって」

夕食の席だった。

いつものようにその日に起きたことを互いに話し合いながら食べていた。ただ、今日はバイトの時間以外はずっと俺と綾瀬さんはこの家のなかで一緒だった。ということは話して面白い話題には限りがあるわけで、早々に会話のレパートリーが尽きた俺は、そういえばと新しいバイトの子について話し始めたのだった。

「女の子？」

「そう。高校1年だっていう話。小園絵里奈《こぞのえりな》さん、だったかな」

「こぞの？　ああ、こぞに野原？」

「こぞ、ってどんな漢字？」

「わからないけど。えっ、ちがうの？」

「小さいに、園《その》、だよ」

そう言うと、綾瀬さんは箸の先で手元の宙に漢字を書いてからそれを睨《にら》みつけ『ああ』と納得した顔になった。

「そもそも、『こぞ』なんて言葉ないものね」

「……いや、あることはあるっぽい」

俺が言うと、綾瀬さんは摘《つ》まんでいたゴーヤの肉詰めを口許《くちもと》で止めた。迷ったような表情の末にぱくりと食べる。

黙々と噛《か》んで飲みくだしてから綾瀬《あやせ》さんは口を開いた。

「こぞってどんな意味なの？」

「古語だけど、去年のことを『こぞ』って言っていたことがあるらしい」

テーブルの上に置いていたスマホで検索してから画面を見せる。

去年《こぞ》――きょねん。昨年。

と表示されている。

「ほんとだ。え、いまわざわざ辞書を引いたんだ」

「そりゃまあ」

小説読みあるあるではなかろうか。知らない言葉を見ると気になるし、調べてるうちに派生して出てくる言葉も気になるから検索の旅に出てしまう。

「だから悠太《ゆうた》兄さんは私よりも語彙があるんだね。辞書、引いたほうがいいのかな」

「今はネット辞書で簡単に調べられるし。お勧めはお勧めかな。やっぱり言葉を多く知っているほうが現代文も古典も有利だと思うよ」

俺の場合はたんなる趣味みたいなもんだけど。

そう言ってから俺もゴーヤの肉詰めを口に運ぶ。表面をかりっと焦がしてあるそれは口の中に入れて噛むと閉じ込められていた挽肉《ひきにく》の肉汁がじわりと染み出してくる。タマネギと肉と繋《つな》ぎに入れている卵が甘みを、ゴーヤが苦みを担当していて、それらが口の中で合わさってちょうどいいバランスになっている。

子どもの頃はゴーヤの苦みが苦手だったけれど、いつの間にか美味《おい》しいと感じるようになっていた。

「まあでも、どっちみち『去年』に『野』って書く苗字《みょうじ》は無いんじゃないかなあ」

「小さい園のほうがふつうだよね。なんで思いつかなかったんだろ」

なんでと言われても。

「で、その新人に仕事を教えることになってさ。明日、沙季《さき》は今日の俺と同じ時間にバイトだったよね」

綾瀬さんがこくっと首を縦に振った。

「だとすると、もしかしたら明日は沙季が相手にすることになるかも」

「それは……いいんだけど。じゃあ、これからしばらく悠太兄さんはバイト中ずっとその子の相手をすることになるんだ……」

上目遣いで言われた。

「あー、別にずっとってわけじゃないと思うけど」

自分の仕事だってあるし。けど、ここまで睨《にら》まれるってどうしてだろう？

「うらやましい」

「え？」

「ごめん。単なる嫉妬」

その単語を聞いてようやく腑《ふ》に落ちた。

外ではより近く、家ではより遠く。俺は、外にいるときには綾瀬《あやせ》さんとの距離をもっと近づけようと思っている。

それなのに今はバイトのシフト時間もばらばらで会話も減っている。その状態でバイト先に、綾瀬さんよりも会話しやすい距離に小園《こぞの》さんがいる。綾瀬さんからはそう見えてるわけだ。

「でも、その事情だとしかたないよね」

そう言うのだけれど、顔を見ると、なんとなくもやっとしているのだろうなと表情からわかってしまう。

仕事仲間として後輩女子がいる、という状況に対してこれだけ素直に嫉妬する綾瀬さんというのは初めて見る気がした。職場の女子という意味では読売《よみうり》先輩だって同じわけだし、読売先輩相手には夜に映画に行ったり遊びに行ったりと、嫉妬してもおかしくない状況だったのだけれど、内心はともかく、特に顔に出したりはしなかった。

まあ、あのときはまだふたりとも兄と妹になったばかりで、恋人同士でもなかったから、状況は今回とは異なるわけだけれど。それにしてもやや過敏な気がする。

味噌汁《みそしる》とご飯を交互に手をつけながらそんなことを考え――。

俺は、下手の考え休むに似たりという結論に達《たっ》した。聞いたほうが早いし、こういうのもすり合わせかなと思う。

「そんなに気にしなくても、ふつうにバイト仲間に接している以上のことはしてないよ」

「それは……わかってる」

「じゃあ――」

どうして、と尋ねる前に、綾瀬さんは溜息《ためいき》とともに言う。

「悪影響を受けたかも」

「え……？　悪影響って、なんの？」

「特集」

――特集？

首を傾《かし》げていると、綾瀬さんは俺がバイト中にテレビを見ていたのだと話し始めた。

自室に籠って勉強しているときはともかく、掃除や料理のときには音が無いのが寂しいらしく、BGM代わりに居間のテレビを点《つ》けていたらしい。

「ワイドショーっていうんだっけ？　ああいうの」

「ああ……昼下がりにやってるやつかあ」

ワイドは幅広いという意味のワイド。和製英語だから、英語圏では通じないと思われる。ジャンルを限定しない幅広い話題を取り扱う、みたいな意味合いでそもそもは名付けられたらしい。

「そこで『不倫特集』っていうのをやってて」

「ふり……ま、まあ、確かにジャンル問わずならアリ……なのか？　幅広いな」

そっちの方向に広がらなくてもいいんじゃないかって気もするが。

「不倫・浮気の現場になりやすいのは職場です。なんと浮気相手の6割は職場の同僚！みたいな情報があって……」

どうやって割合まで確かめたんだろう。

「たぶん、それが頭に残ってたんだと思う。仕事先の同僚って親しくなりやすいのかなって思って、でも私たちはむしろ遠慮し合うようにしてたし。今回だって、シフトを一緒にしないようにしたし……なのに、あなたと始終くっつける女の子が」

「くっついてない、くっついてない」

「わかってるけど」

「まあ、で、俺が小園《こぞの》さんの話題を出したときに、そのワイドショーの特集が頭を過《よ》ぎって、すごく親しくなられたらどうしようと思った……ってこと？」

「だと思う。ごめん」

「いや、気になったら言ってくれたほうが助かるよ。まあ、そういう目で後輩を見たりはしてないし、そもそもそういう気もないから」

「うん。悠太《ゆうた》兄さんがそう言うなら、信じる」

綾瀬《あやせ》さんは自分の不機嫌さの原因を冷静に説明してくれた。

食事の後片付けのときも、交互に入った風呂も、特に気になるようなそぶりを綾瀬さんは見せることはなかったので、俺はこの件はこれで終わったと、ほっとひと息をついたのだった。

悠太兄さんがそう言うなら。

兄が言うなら、と。

恋人が言うなら、では、意味合いが異なる。

兄が職場の同僚といちゃついていようが、妹にとっては不快かもしれないがそれ以上の意味は発生しない。一般的には、兄は妹にとっては恋愛対象ではないのだから。しかし、恋人・悠太がそうであったら、綾瀬さんにとっては不快では済まない出来事なはずだ。

家の中で兄と妹としての関係以上に互いに踏み込みすぎないよう、心を抑えるために始めた「悠太兄さん」呼びだったのだけれど。それが場合によっては綾瀬さんの心を縛ることになるのだと、このときの俺は気づいていなかった。

言葉には言霊が宿るのである。気分だけかもしれないが。その気分によって人の行動は左右されるのだ。

けれどこのときの俺は、必要以上にベタベタもせず、避けもせず、ほどよい距離を保てたことに手応えを感じてしまっていた。

ふたりきりの夜は特に何も起こることはなく終わった。

そう思っていた。

●6月12日（土曜日）　綾瀬沙季《あやせさき》

6月の晴れた土曜日の朝。

自宅の玄関前でお母さんと太一《たいち》お義父《とう》さんを送り出す。

これからふたりは再婚1周年の記念旅行。

太一お義父さんの隣に並ぶお母さんの、初夏の日差しを浴びて輝く笑顔を見ていると、私は素直に嬉《うれ》しかった。

前の結婚が破綻してから私を引き取って女手ひとつで育ててくれた母さんは、もっとも私が幸せを願う相手であり、そうなるべきだと信じる相手でもある。

1年前に再婚したいと言い出したときも、お母さんが選んだのならと反対しなかった。

それから1年が過ぎた今、改めて思う。

お母さんは良き相手を見つけたのだなと。

それは今の太一お義父さんの振る舞いを見ていてもわかる。

いつもは子どもたちを信頼していると言っている太一お義父さんだけれど、お母さんとふたりきりで旅行するとなった途端に家に残していく私たちのことをこんなにも心配している。もしかしたら傍《はた》から見たらみっともないくらいに。

見栄《みえ》を張りたい気持ちがゼロではないだろうけれど、実父と比べたらよっぽど良い意味でプライドがない。あの人は、男としての、あるいは夫としての見栄、というものを常に気にしていたように思う。みっともない姿なんてけっして家では見せまいとしていた。

だからこそ、会社が失敗して仕事を失ったあの人の代わりにお母さんが稼ぎ出したことを厭《いと》わしく感じてしまったのだろう。そんな弱さを持っている人だった。

太一お義父さんはちがった。

自分の弱みを他人にさらけ出せる強い人なのだ。

それがいちばんお母さんには大事だったのかも。

自分の周りの社会に対して武装してしまう——堅い殻で自分を覆わないと安心できない私には到底できない振る舞いだし、根本のところで、私とそう変わらないように思えるお母さんの目にも眩《まぶ》しく映ったにちがいない。

「ほらほら太一さん、そろそろ出ないと、道が混んじゃいますよ」

お母さんに促されてようやく太一お義父さんが重い腰をあげた。

ふたりの会話だけを聞いていると、お母さんのほうがしっかりしているように見える。けれどお母さんは、ときどき妙なところでおっちょこちょいだからなぁ。1泊2日ではあっても、一緒の旅行は意外と付き合うと骨が折れると思う。

お義父さん、がんばって。

行ってらっしゃいを告げて私と浅村《あさむら》くんは家の中へとようやく戻ることができた。

アラームの音にはっとなって顔をあげる。

視線の先の数字を見ると、12：00。

開いていた参考書と問題集を閉じると私はキッチンに向かった。

浅村《あさむら》くんはとっくにバイトに出てしまっていて、お昼ご飯はひとりきり。

朝食とあまり間隔が開いてないし、ずっと椅子に座って勉強していたからたいしてお腹《なか》も空《す》いていない。

「朝の残りだけでいいか」

私は独りごちつつ食事の用意をする。

けっして炊事は嫌いではない。むしろ好きなほうなのだけれど、食べるのが自分ひとりだと思うと、なぜか面倒《めんどう》に感じがちだった。食べてくれる人がいるほうが料理も作り甲斐《がい》が出てくるものらしい。

食べ終えて食器を洗ってから勉強の続きをしようと思って——そのまま固まった。

「気になる……」

視線の先に見えているのはリビングの床だった。

そういえば、いつ掃除したっけ？　と思ってしまったら、もう気になって気になって。

掃除の分担は決まっていなかった。各自の部屋は自分でする——というのは当たり前として、問題は家族の共用空間だ。都度都度で気になった人がやればいい、という大雑把《おおざっぱ》な決まりになっている（大掃除のときは別）。浅村くんも太一《たいち》お義父《とう》さんも、散らかし放題という性格ではないらしくて、床に物が落ちていたりということは少ない。

だから、ついつい床をさらっとフローリングワイパーで拭いただけで終わらせてしまっていた。掃除機をかけたのがいつだったのか思い出せない。

「しかたない、よね。やりますか」

私は勉強の息抜きだと自分に言い訳してキッチンとリビングの掃除をすることに決めた。

本格的にやると時間がいくらあっても足りないから、掃除機をかけるだけにしようと自分で自分に釘《くぎ》を刺す。やりすぎると、今日1日が潰れかねないし。

まずは簡単な片付けからだ。

我が家の家族は床に物を置かない性格とは言ったが、探せばそれなりに放り出してあるものはあるわけで。

テレビのリモコンとかテレビで見れる配信サービスのリモコンとかエアコンのリモコンとかシーリングライトのリモコンとか。

多いなぁ。

……これ、ひとつのリモコンで操れれば楽なんだけど。

そういえば家電をぜんぶまとめて操ってくれる家電ってなかったっけ？　声で操作できるやつ。

今度、浅村くんに聞いてみようか。

私はリモコンを集めて、まとめてテーブル上のリモコンラックに入れる。さあ始めようと思ったところで、黙々と掃除をするのも寂しいな、とちょっと思ってしまった。テレビを点《っ》けて適当な番組を流すことにする。

配信サービスの映画でも映しっぱなしにしようかとも思ったけれど、特に見たい番組があるわけでもなくて、なにより見たいものが流れているとそのまま見てしまいそう。なのでスイッチを点けて映った番組をそのまま流すことにした。

掃除機をもってきてスイッチを入れようとして、流れている番組が目に入る。

昼の主婦向けの情報番組のよう。

司会者が何かしゃべってから、テロップが映し出された。

『不倫特集』

私はつい画面に意識を向けてしまった。

昼のテレビなんてロクに見たことがなかったから、こんな番組をやっていようとは。

スーツになぜか蝶《ちょう》ネクタイを締めたタレントが真面目な顔をして喋《しゃべ》りだした。

妻は家で家事をしながら献身的に夫を支えていた。それなのに夫に不倫されてしまう。

なぜ？

という前振りをしてから再現ＶＴＲなるものが映し出された。

主婦らしき女性が出てきて——Ａ子・専業主婦・27歳とかキャプションが付いている。

炊事・洗濯・掃除をせっせとこなしている姿が映し出され、終わってから食卓でため息をついている。もうちょっと休みたいな、と零《こぼ》すのだけれど、首を横に振って立ち上がる。

彼女の想像の中の夫は、職場で資料を整理したりパソコンに向き合ってたりしていた。

夫が帰宅し、背広を受け取った妻が服に付いた口紅に気づく。

えっ、そんなとこに口紅がつくことある？ せめて香水の香りが移って、とかのほうがありそうじゃない？ ……って疑問は野暮《やぼ》かな。

コメンテーターらしき人が、自分なりの意見を言った。司会者が、それに対して専門家らしき人に意見を求める。

専門家が語る。

不倫の6割は職場で起こっている、と。

えっ、そんなに職場の女性と男性って親しくなりやすいものなの？ 同じ仕事をしているからっていうだけで？

ついつい見てしまっていた私は、それこそ画面の中の女性と同じように首を横に振ってから立ち上がった。掃除機のスイッチを入れる。床を舐《な》めるように吸い込み口を這《は》わせていると、最新式のコードレス静音掃除機とはいえ、それなりの音は出た。

これならテレビの音は気にならない。映像は次のＶＴＲへと移っていて、今度は子どもを抱えた母親が──いや、もう見ない見ない。見ないぞ、と思いながら画面のテロップはちらちらと視界に入ってくる。

掃除をしている自分の姿が先ほどの不倫をされている妻役の人の姿と脳裏で被《かぶ》る。

浅村《あさむら》くんはバイトだ。バイトというのはつまり仕事なわけで、要するにこんな風に家事をしている間に、仕事先で愛する夫が同じ仕事をしている女子と接触の機会を順調に増や

不倫特集
FILE #002
A子
夫

してゆき——ついに。

何を考えてるんだ自分は、と思い直す。そもそも浅村《あさむら》くんは別に私の結婚相手という訳じゃないし、その、職場に親しくできるような相手がいるわけでも……。いないこともないか。

読売《よみうり》さん……とか。きれいな日本人形のような女のひと。それに、彼女以外にも女性の学生バイトはふたりほどいる。まあ全員年上だし、そのうちのひとりは院生だから、浅村くんと10歳近く離れてるはずで。いやお付き合いに歳《とし》は関係ない。浅村くんはフラットな性格をしているから平等に誰にでも親切だし。そこは彼のいいところで。

だから、何を考えているんだ自分は。火のない所に煙は立たないという諺《ことわざ》があるけれど煙も見えないうちから火事を疑うようになったら、それってただの情緒不安定じゃないか。こういう、ふらふらゆらゆら揺れちゃって落ち着かない定まらない喉に刺さった魚の骨のような不安も、きっと相手に対する依存心の表れのひとつだと思う。たぶんそう。だからゆっくりとでも彼との関係を調整していけばいずれは収まる——はず。

なんで私、彼と同じシフトで勤めるのを諦めたんだっけ。いや覚えてはいる。勉強時間の確保のためだし、料理当番を交互にするため。そうなんだけど、家の外では近づこうって決めたはずなのにな……。

はあ。

気づけば掃除機は床の同じ場所を滑っている。

私はスイッチを切って掃除機を電源ステーションに戻した。ついでにテレビも消してしまう。勉強しよう。私は受験生なんだから。

部屋に戻って参考書を開いた。

掃除をしていたぶんだけノルマが遅れている。決めたところまでさっさと問題を解いてしまって、美味《お》しいおやつでも食べよう。プリンがまだ冷蔵庫に残っていたはず。プリン……って音が「ふりん」と似てる……。職場での夫は妻より近い距離の女性をつくりがち……か。

だから、そうじゃなくて。

私は、ヘッドフォンをつけて、馴染《なじ》んだローファイ・ヒップホップの音を爆音で流して意識の外に余計な単語を追い出した。


窓の外、暮れた空には細く欠けた月が見えていた。

浅村《あさむら》くんがバイトから帰ってきて。私はリビングで単語帳を繰っていた。帰ってくる頃合いだなと見当をつけていたから、帰宅したとすぐにわかるところで待っていたのだ。そんなこと言わないけどね。

ソファから立ち上がったところで、「美味しかったよ」と声を投げられる。

えっ、夕食はこれから作るんだけど。首を傾《かし》げる。彼が流しで洗いものをしているのを見て、ようやくお弁当のことだと理解した。

「そう？　ならよかった」

　言われてもちろん嬉《うれ》しかった。ただ、凝ったお弁当でもなかったし。ふつうに余ってい
た朝のおかずを詰めただけだからなぁ。

　そう思っていたら、明日は自分が作ると浅村くんが言いだした。浅村くん、お弁当を作
るのって初めてだよね。手伝ったほうがいいのかなって思ったら、自分が当番だからって
断られちゃった。

　買ってきてもらった食材を冷蔵庫に詰めていると、頼んでいないものが幾つかあって、
中身の予想ができちゃったけどね。

　洗い物を終えて部屋に戻ろうとする浅村くんに私は声をかける。

「これから勉強でしょ。コーヒーを淹《い》れてあげる」

「ありがとう。沙季《さき》のカップも出そうか？」

　食器棚からカップを取り出しながら浅村くんが言った。

　時計を見て、食事まで時間があることを確認する。

「うん。お願い」

　ドリッパーにお湯を注いでコーヒーがぽたりぽたりとサーバーに落ちていくのを座って
見守った。部屋の中にモカのすこし酸味のある匂いが立ち込めていく。

「夕飯ができたら声かけてくれる？」

「わかった」

コーヒーを手に自室へ向かう浅村《あさむら》くんを見送って、私は料理の続きに取り掛かった。

夕食の準備を整えて浅村くんを呼んだ。

テーブルに並んだ料理を見つめて美味《おい》しそうだねと言ってくれる。

互いに今日のできごとをあれこれ話しながら食べていると、そう言えば、と彼が切り出してきた。バイト先の書店に新人が入ってきたよ、と。

「新しいバイトの子？」

浅村くんはのんびりした口調で続ける。読売《よみうり》先輩のバイト時間が就活で減るから、もうひとりくらい学生バイトを雇うつもりだと前に店長が言ってたよね。うん。確かに言ってた、かも。

「そう。高校1年だっていう話。小園絵里奈《こぞのえりな》さん、だったかな」

こぞの、という名前が聞き慣れなくて、つい脳内で妙な漢字を当ててしまったけれど、浅村くんに説明されて、小さな園でこぞのだと把握する。

「で、その新人に仕事を教えることになってさ」

そういえば、私もバイトを始めたときに教えてくれたのは浅村くんだった。こう見えて浅村くんは教えるのが上手だし。教育係にされるのもわかる。

「明日、沙季《さき》は今日の俺と同じ時間にバイトだったよね」

沙季と名前で呼ばれるたびに実はまだすこしどきりとするのだけれど、それをできるだけ表情には出さないように心がけつつ私は頷《うなず》いた。

「だとすると、もしかしたら明日は沙季が相手にすることになるかも」

「それは……いいんだけど。じゃあ、これからしばらく悠太《ゆうた》兄さんはバイト中ずっとその子の相手をすることになるんだ……」

かわいい新人の女の子。いや、かわいいとは言ってないか。その小園なんとかさんを、しばらくの間、浅村悠太はつきっきりで面倒《めんどう》見ることになるのか。

悠太——兄さんは。

「うらやましい」

つい言ってしまった。

その私の言葉と態度で浅村くんには通じてしまったのだろう。

「え？」

「ごめん。単なる嫉妬。でも、その事情だとしかたないよね」

それに私は「綾瀬《あやせ》さん」じゃなくて「沙季」だし。小園さんは「小園さん」なんだから、別に気にすることじゃなくて……。

ああでもなんだろう、このお日様が陰ったような感覚っていうのかな。

脳裏にちらついたのは蝶《ちょう》ネクタイをしていたタレントのシリアスな顔だった。その人物の背後にどどんとなんだか効果音付きで大きな看板が垂れ下がる。

『不倫の6割は職場で起こっている！』

職場の女子は家事をしている妻よりも接触機会が多くて親しくなり易《やす》いのだ！

いやいや待って。

「悪影響を受けたかも」

ぽろりと零《こぼ》した言葉に浅村《あさむら》くんが怪訝《けげん》な顔をして反応をする。私は昼に掃除をしたときに見ていたワイドショーのことを話した。

私が漏らした『不倫特集』という言葉に、浅村くんはちょっとひきつったような顔をして首を横に振った。

職場にいる異性とは親しくなりやすく、それが不倫に結びつくのだ、という根拠があるんだかないんだかわからない情報を見てしまったことを告げる。それを見ていたからだろう、浅村くんと、私よりも長い時間を一緒にできる女の子が登場したことに私は動揺してしまったのだ。たぶんそう。

私のそんな言いがかりのような文句を、浅村くんは黙って聞いてくれて、話してくれて助かるとまで肯定してくれた。そして、そういう目では後輩を見たりしないし、そういう気もないと約束してくれたのだ、浅村悠太《ゆうた》――兄さんは。

「悠太兄さんがそう言うなら、信じる」

正直助かった。

そのとき私の抱いた感情はふたりの関係を破壊しかねないものだったと思うから。

浅村悠太と綾瀬沙季《あやせさき》は――。

恋人同士であり。

兄と妹でもある。

適切な距離を保たねば、適切な判断力を持たねば、と心の中だけで私は唱える。


食事を終えてから、私は先に入浴させてもらった。

湯船に浸《つ》かりながら、私は「カレと職場で親しい後輩女子」という謎のフレーズをなんとか頭の中から追い出そうとしていた。考えない考えない。代わりに何か他のことを考えよう。たとえばそう、火曜日にある球技大会のこととか。

委員長に誘われたからだけど、去年と違ってチーム競技のバレーボールを私は選んだのだった。向いてないと去年までは敬遠してた。どんなに下手を晒《さら》しても自分が恥をかけばいいだけのテニスに比べて、ミスをすると自分以外の誰かが困る。そのことに私は耐えられなかったのだ。

けれども、委員長も佐藤《さとう》さん（みんなのようにりょーちんとは私はまだ呼べていない）も、私がどんなにミスをしても怒ったり嫌な顔をしたりはしなかった。

バレーボールはコートにボールを落とさないようにして、3回以内のタッチで相手陣地にボールを返す競技だ。ミスなく3回繋《つな》ぐのは競技経験者にはふつうのことなのかもしれないが未経験者にはわりと難しいもので。それだけに繋がって返せただけで嬉《うれ》しい。

誰かがミスをしても誰かがカバーをして、そうやって頑張ってボールを繋げたときには、みんなが嬉《うれ》しい。

それは私には新鮮な喜びだった。チームスポーツの奥深さと楽しさに、ちょっとハマりつつある自分がいる。

湯に浸している自分の腕や足の筋肉に触れてみる。気のせいかもしれないけれど、普段より筋肉が張ってがっしりしているように感じる。練習の成果か。あるいは意外と肉体労働である書店のバイトのせいなのか。

「書店……」

浅村《あさむら》くんとはしばらくシフトが被《かぶ》らない。

その間、ずっと浅村悠太《ゆうた》は、悠太兄さんは、後輩女子と一緒なのだ。

私よりも近い距離で。

妹としては気にすることじゃない、はずだ。恋人としては――うらやましいと思うのが当然かもしれない。

では、「悠太兄さん」と「沙季《さき》」の場合、私はどう感じるべきなんだろうか。

●6月13日（日曜日）　浅村悠太

日曜の朝、7時。

いつもならベッドの中にいる時刻にキッチンで動き回る自分を不思議な気持ちで眺める自分自身がいる。

頭の芯に居座わる眠気を欠伸《あくび》とともに噛《か》みころした。

休日の朝なのになぜキッチンにいるのかと言えば、朝食を作るだけではなく今日は綾瀬《あやせ》さんのお弁当も作るからだった。

まずは味噌汁《みそしる》から取り掛かろう。

制作工程10分、とレシピに書いてあるが信じてはいけない。慣れた人間が作れば、その時間で済むということに違いないのだ。

「料理って化学だよな……」

化学実験と同じだと個人的には思う。

考えてみればわかることとなのだ。だが、わかっても上手《うま》くできるとは限らない。

たとえば味噌をおたまにのせてすこしだけ沈めると言われても、どれくらいがすこしになるのかわからない。全没して鍋に味噌が転がり出てしまうこともあった。わかることとできることは別なのだった。

今回は、ひとまず最初の手順は乗り越えた。ここで味見。

「うん。想定どおり。……もうちょい足すか」

採用しているレシピよりわずかに濃いめが綾瀬《あやせ》さんの好みであることはわかっていた。けれど最初から味噌《みそ》を目分量で足すのは俺にはまだ難しい。そこで規定どおりに作ってから味を見て、それからほんのすこし味噌を足すことにしている。

今日の味噌汁の具は豆腐だ。冷蔵庫から出してきて、サイコロ状に切ってから投入する。

沸騰しない程度に温めてからIHコンロの電源を切っておく。

さて、ではお弁当作りに取り掛かろう。

冷蔵庫を開ける。

取り出したのはバイトの帰りに買った食材だ。

パック入りのウインナー。

スマホを起動させて調べておいたレシピを表示させる。

検索で『お弁当』『レンチン』で上位にきたものからチェックした。特にレンジを使用したかったわけじゃなくて、検索ワードに『手軽』と入れてしまうと、往々にして『料理上級者にとっての手軽』なレシピが並んでしまうからだ。

昨日のうちに検索しておいたのは『サイコロジャーマンポテト』のレシピだった。

「まずはジャガイモから、か」

新聞紙にくるんで冷暗所に置いてあるジャガイモを幾つか持ってくる。

洗って皮を剥《む》いてからもういちど水でぬめりを取って1センチほどのサイコロ状に切る。

写真で見るときれいなサイコロの形になっているが、丸いジャガイモを切れば端っこのほうはどうしたって丸みを帯びてしまう。

けれど、そんなことは気にしてはいけない。

1センチのサイコロとレシピに書いてあるからといって、縦横長さが正確に1センチのジャガイモ以外は認めない――なんてことはない。当たり前と思うなかれ、初心者はそういうところで悩むものなのだ。ただし、大きさというか体積は揃《そろ》えたほうがいい。内部まで熱が通る時間に差が出るから。

耐熱容器に入れて、レンジで温める。ここでレンジを使うから、レンチンレシピとしてネットに掲載されているわけだ。

温めている間に、今度はウィンナーを切る。ジャガイモと同じくらいのサイズになっていればよし。なってなくても、まあよし。

この2つを混ぜれば、サイコロジャーマンポテトである。なんと簡単な。

個人的には、もうこれで食べられるじゃないかって気分になるのだが、レシピによればこのジャガイモとウィンナーを交ぜてから味をつけろと書いてあった。なるほど。

味つけはコンソメか塩胡椒《こしょう》で行うものらしい。胡椒って、黒胡椒でもいいんだろうか。そっちのほうが味が好みなのだけれど。ああでも、これは綾瀬さんの為《ため》に作っているわけで。怖いからとりあえずはレシピ通りにしておこう。冒険は自分が食べるときでいい。

と、そこまで手を動かしていてふと『自分が食べるとき』といま考えたことに気づいた。

──俺、あれだけ家事の時間を面倒《めんどう》だと思ってたのにな。

確かにこの時間を読書に当てられればと思わないでもない。きっと、綾瀬《あやせ》さんがいなければ俺は今でもコンビニ弁当か出前に頼ってしまうのだろう。

それでも、昔ほどには手を動かすことを面倒とは思わなくなっている自分がいる。

レンジが鳴った。

味見をしてみて問題なさそうだったので綾瀬さんの弁当箱に詰める。

レシピは偉大なり。

ちなみに綾瀬さん専用弁当箱は俺が持っていたものよりも小さめで、これで足りるのだろうかと心配になるサイズだった。中敷きの半分にご飯を詰めて、残りにサイコロジャーマンポテト。小さなタッパーにはサラダ。魚の形のランチャームには昨日の俺に持たせてくれたのと同じようにドレッシングを入れた。そして、全てをランチバッグに仕舞《しま》う。

ランチバッグもお弁当箱も昨夜《ゆうべ》のうちに綾瀬さんが「これだから」とテーブルに置いておいてくれた。事前の用意まで含めて俺ができればいいのだろうけれど、なにしろ初めてだから何がどこにあるのかもわからない。正直そこは助かった。

ランチバッグは俺に持たせてくれたものと同じ型の色違いだった。俺のは赤だったが、こちらはピンクだ。……ピンク？

「おはよう、悠太《ゆうた》兄さん」

ダイニングの扉の開く音とともに綾瀬さんが入ってきた。

「おはよう、沙季《さき》」

「あ、もうお弁当を作り終わってるの？　早いね」

「その代わりに朝食はこれからだけど。目玉焼きでいい？」

「充分」

サラダは弁当に添えるために作ったので、もう食卓に並べてあるし、ご飯も同様に炊けているからお茶碗《ちゃわん》によそうだけだ。味噌汁《みそしる》は温めなおしておく。

俺は冷蔵庫から卵をふたつ取り出した。

目玉焼きを調理し終わると皿に載せてテーブルに並べる。

それまでに綾瀬さんはさっさとご飯と味噌汁をよそい、テーブルを拭き終わっていた。

「なんだか、けっこうやらせちゃってごめん」

「いつも悠太兄さんだって手伝ってくれてるから。それより、食べよ？」

促されて、俺も席に着く。いただきますと言ってから箸をつけた。

「お弁当、楽しみ」

「あんまり期待しないで。まあ、食えないものは作ってないと思うけど」

綾瀬さんが味噌汁に口をつける。

この瞬間は毎回緊張する。綾瀬さんの作る味噌汁は美味《おい》しい。そんな美味しい味噌汁を作る綾瀬さんに、料理初心者の俺が作ったものを飲ませるなんて罰が当たりそうだと毎回思うのだ。

「ん。美味《おい》しいね」

目を細めながら言った。

ほっと胸を撫《な》でおろしてしまう。

まあ、お世辞も入っているのだろうけれど。

「朝はもうちょっと和風がいいんだろうけど、あ、海苔《のり》も出そうか」

「お願い。でも、目玉焼きに味噌汁《みそしる》は充分に日本の朝食だと思う。それに――」

言いながら、綾瀬《あやせ》さんは醤油《しょうゆ》瓶を取る。いつもは塩胡椒《こしょう》なのにな、と思いながら見守っていると、自分の目玉焼きの上に醤油を垂らしてから言う。

「――ほら、ソイソースをかければ立派な和食でしょ」

「その理屈だと、どんな料理でも醤油をかければ和食になってしまわないかな」

思わず苦笑い。

「そう言ってる」

「いいのか、それ」

「私、料理のその国らしさって発酵食品に出ると思ってて」

「あー」

発酵食品とは日本で言えば味噌とか醤油とか納豆とかだ。食べ慣れない人は敬遠しがちではあるけれど、癖が強くて馴染《なじ》まないと食べられないからこそ、その国の人間にとってはいちばん郷愁を感じる味になりうる――ってことか。

まあ、納豆なんかは日本人でも食べられない人は食べられないわけだが。

日本の空港に降り立った際に空気のなかに感じる匂いは醤油である、と言う人もいるくらいだからなぁ。

「それに、私、別に洋食も好きだから。いつも和食にしようとかしなくてもだいじょうぶだから」

気にしなくていいよ、と。

「とはいえなぁ。今日の弁当も和食とは言い難く……。あ、そうそう。それで思い出した。ランチバッグだけど」

「用意しておいたやつになにか問題が？」

「それはだいじょうぶ。ただ、ピンクって綾瀬さんのものとしては珍しいな、って」

綾瀬さんは、「ああ」と言ってひとつ頷《うなず》くと、それはね、と話してくれた。

話しながら綾瀬さんはパック入りの海苔を封を切って引っ張り出した。

箸で摘《つ》まむとそのままご飯の上に載せる。海苔巻きのように箸で軽く丸めて口へと運んだ。もぐもぐと噛《か》む。

「味、何もつけないんだ？」

ごくんと呑《の》みこんでから不思議そうに言う。

「え？　海苔は味があるでしょう？」

当然でしょとばかり。そりゃ、味はあるよ、味は。でも海苔《のり》の味だけだぞ。

「えー。俺は醬油《しょうゆ》をつけるけど」

「味、濃くならない？」

「口の中、乾かない？」

言い合ってから、これと同じような会話を以前もしたなと思い出した。目玉焼きのときも綾瀬《あやせ》さんは塩胡椒《こしょう》だけで俺は醬油だった。俺は塩胡椒だけでは口の中がパサパサするので好きではないと言ったのだった。

綾瀬さんもそのときの会話を思い出したらしい。ちょうど今日も目玉焼きだったし。

「そっか。悠太《ゆうた》兄さんってご飯は湿っていたほうが好きなんだね」

「俺もそんな気がしてきた。あとさ、沙季《さき》、ひょっとして、味付きでなくとも、いつも海苔はそのまま食べてた？」

「うん。海苔の味が消えちゃうもの。もったいないでしょ」

「気づかなかったよ」

なにげなく繰り返している日常動作というものは案外と記憶に残らないものなんだなと今さらに思う。もうちょっと観察していないと、綾瀬さんの好みを捕まえそこなうかもしれない。

綾瀬さんは目玉焼きは塩と胡椒。海苔はそのまま——覚えておこう。

「で、さっきの話だけど。あのランチバッグは昔、お母さんがセットで買ってきたやつ。

2つセットで安く売ってたんだって」

「ああ」

だから同じ型なのか。きっと再婚前に買ったのだろう。だから赤とピンクで充分だったわけだ。

「私が普段つかってるのは昨日の赤のほう。ピンクは予備だったんだけど……」

言われてみれば、たしかに綾瀬さんがもつほうが似合いそうだった。

「じゃあ、ピンクのやつが俺用だったのか」

「そっちのほうがよかった？　似合うかどうかだったら関係ないけど、浅村《あさむら》くんの好みだと周りから思われる可能性を考えると赤のほうがまだマシかなって。浅村くん、あまり身のまわりにピンクのアイテムって置いてないよね」

「好きかどうかと言われれば、そこまで好きな色ではないかな。気にしないといえば気にしないけど」

持ち物の色でその人を測るような思考は俺にはなかった。好きな色を選べばいいと思うわけで。

「余計なお世話になっちゃった？　まあ、次があるかわからないけど、ランチバッグくらいは今度買っておこうか？」

「売り場を教えてくれれば自分で買ってくるよ。いや、暇なときにでもふたりで行けばいいか」

そう言うと、綾瀬《あやせ》さんはにこりと笑みを浮かべる。

けれどすぐに、その口許《くちもと》をすぼめると、「暇かぁ。いつできるだろ」と言った。

「受験生はつらいね」

「早く終わってほしいけれど、あんまり早く受験が来ても困る」

それは俺も同じだ。

予備校の講座の数も増やしていて、春先の成績低下からようやく回復しつつあるとはいえ、まだまだ必要なだけの学力を身に付けたという実感がない。

時間が足りない。やはりバイトを減らそうか。

「ん？」

テーブルに置いたままのスマホの画面に、ちらりと何か通知が見えた。待機画面から復帰させると、午後から雨、の予報が目に飛び込んでくる。

「午後から雨と雷……」

綾瀬さんに天気予報を伝えると、彼女は視線を窓へと向けた。俺も釣られて振り返った。

半分ほど開いた窓からは初夏の風が流れ込んでいる。切り取られた空は青くて雲ひとつなかった。

「雨……降りそうもないけど？」

「予報は出てる。にわか雨かゲリラ豪雨かわからないけど。夕方以降は降水確率が90％だって。バイトに出るときは傘を持っていったほうがいいと思う」

「それはかなり確率が高いね。わかった。傘を持っていく」

「帰り道は気をつけてね。『雷のおそれ』ってなってるし」

「え？　あ、ん……わかった」

一瞬だけ、渋面をつくって綾瀬さんが頷《うなず》いた。けれども、その渋い表情はあっという間に消えてしまう。

俺は心の中だけで首を傾《かし》げたのだった。


「ちょっと待って、綾瀬さん」

玄関を出ようとしていた綾瀬さんを俺は呼びとめた。

「なに？」

「俺も一緒に出るよ」

「ゆう……」

押した扉を半開きにしたまま振り返った綾瀬さんは口籠った。

そのまま扉を大きく開けてマンション通路——外へと一歩出る。

「……なに？　浅村《あさむら》くん」

「いやそこまで律儀に使いわけなくとも——」

指摘したとたんに綾瀬さんの眉がへにゃりと下がる。

「あ、いや、責めているわけじゃなくて」

家の中では悠太《ゆうた》兄さん。外では浅村《あさむら》くん。使い分けようとしているのはわかるのだけれど、家の敷居を跨《また》ぐか跨がないかで使い分けるのはかえって混乱するんじゃなかろうか。

綾瀬《あやせ》さんに続いて俺は玄関を出ると、施錠を済ませてから隣に並ぶ。

「ほら。今日は雨だっていうからさ、自転車に乗っていけないし。それなら一緒に出ようかなって」

俺はこれから予備校で、綾瀬さんはバイト先の書店へと向かうところだった。

昇ってくるエレベーターを待ちながら綾瀬さんがぽつりと言う。

「私、ちょっと融通が利かなすぎるのかも」

「落ち込まないで。よくあることだと思うよ」

そう言ったら、ほんとに？という疑いのまなこで見られたので、俺は例をあげることにした。

「家の内と外で呼称を使い分けるなんてよくあることだし。中学の3年のときさ、入試の面接の練習ってしなかった？」

「した。いちおう、面接のある高校も受けたから」

「そのとき、両親のことは『父』『母』、もしくは『父親』『母親』って呼べって教えられなかった？」

エレベーターが昇ってきてチンという音を鳴らして扉が開いた。中へと乗り込む。

俺は扉が閉まるのを待ってから話をつづける。

「あれって、でも、とっさに出てくるようになるまで時間が掛かったと思うんだ」

綾瀬さんは「そうだったかも」とつぶやいた。

「ただ、私の場合は、小学校の終わり頃からお母さんに言われてたから……。お母さんの勤めているお店から電話が来ることがあって。そういうときは『お母さんに代わります』じゃなくて『母に代わります』って言うのよ、って」

「なるほどね。でも、最初はついいつもの言い方になったりした」

「たぶん」

「今は自然に使い分けてるでしょ。だから、そういうのは慣れなんじゃないかな」

「そうか。うん。そうかも」

エレベーターを降りてエントランスを抜ける。

マンションを出て、俺は空を見上げた。朝の快晴はどこへやら、鉛色の空がのしかかるようにして見下ろしてくる。風の中に雨の匂いを感じる。

「これは……間違いなく降りそうだな」

空模様を確認してから、隣にいる綾瀬さんを見る。手には傘をもっていなかった。

「傘、だいじょうぶ？」

「折り畳みを持ってるから」

「ああなるほど」

「浅村くんは？」

「俺も折り畳みが鞄《かばん》の中に入れてる。ゲリラ豪雨とか来られると心もとないけど、まあ、そのときには大きな傘があってもどのみち濡《ぬ》れるし」

「私もそのときには雨宿りしてから帰ると思う」

俺たちはふたり並んで歩き始める。

「でも……なんか新鮮だな」

綾瀬《あやせ》さんが「え？」と小さく言ってから俺のほうへと顔を向けた。

「バイトのあと一緒に帰ったことは何度もあるけど。家から駅のほうにふたりで並んで歩くのってあんまりなかったよね」

綾瀬さんが頷《うなず》いた。

「直近だと修学旅行のときくらいかなぁ」

「ああ……あったなぁ」

あのときは夜も明けるか明けないかって時刻で、人通りもなかったからだ。学校の誰かに目撃されない時間帯だから行けただけで、基本的には外での同行は避けていた。けれど「外では近い距離で」を実行するために、俺は、これまであえて時間差をつけていた外出時間を揃《そろ》えようと思ったのだ。

もうすこしだけ俺のほうから綾瀬さんに近づきたい。

手を繋《つな》ぐわけでもなければ楽しい会話を交わすわけでもない。それでもわかる。俺は隣の綾瀬さんの歩調に合わせようとすこしだけゆっくり歩き、綾瀬さんはたぶんすこしだけ早足になっている。そうしたほんのわずか相手のことを考えていることがわかるこの時が、今の俺たちにとって心地《ここち》好い。

見上げる空は鈍色《にびいろ》で、物語では曇り空といえば将来への不安の暗示だったりするものだけれど、現実のイベントは空模様とは無関係に発生する。

なんてことをぼそぼそと綾瀬さん相手につぶやいてみる。

「それって、当たり前なんじゃ……。私たちのために空は晴れたり曇ったりするわけじゃないでしょ？」

「物語の世界ではそうでもないんだよ。暮れていく空は主人公の運命が転がり落ちていく暗示だったりするし、雨上がりのからりと晴れた空は悪いことが終わった象徴だったりする。待ちぼうけの女性の背後でざわざわと揺れる枝は、待ち人が来ないかもしれない、という女性の不安な心象を表わしていたり、とかね」

いわゆる『間接表現』というやつだ。

「そうなんだ。ドラマとか見てて確かにそういう場面ってあるなあって思ったけど。風が強いのかなぁとしか思わなかった」

「まあ、観客が見ていて何となく不安になったり明るい気持ちになったりするだけでいいから。でも、そういうのを読み解くのも楽しかったりするんだよね」

「そういうもの？」

「そういうもん。ま、現実だと曇り空の下でも楽しいことは幾らでも起こるけど」

綾瀬《あやせ》さんは「なるほど」と言ってから考えこむ。

でも、と口を開いた。

「天気で気分が変わるのはあるかもね」

今はちがうけど、と前置きをしてから、実際に天気が悪いと気分が落ちることはあるという。

「外が暗いと気分も沈むと思う。部屋の中でね。ベッドの上で膝を抱えてうずくまって。膝頭に顎を乗せたまま死んだ魚みたいな目をして1日中ぼんやりとしてることも」

「それは、かなりの落ち込み具合だね……」

「あ、昔の話だから。お母さんには内緒。心配するし」

「わかってる」

たぶん、父親が家を出ていった頃のことなんだろう。

ちょっとだけ心配になった俺は綾瀬さんのほうを横目で窺《うかが》いながら問いかける。

「今は、平気?」

「ぜんぜん大丈夫。落ち込みそうになっても、私の隣にはそれを打ち消してくれる人がいるもの。今だって言ってたでしょ。曇り空の下でも楽しいことは幾らでも起こる、って」

「そりゃ言ったけど」

「私たちはお互いによく似ているって思う。それでも、私が考えつかないようなことを、浅村《あさむら》くんはいつも言ってくれる」

「それは俺だって同じだよ」

綾瀬さんの、世界に対してどこまでもまっすぐに向かい合う姿勢は、なあなあで世間の荒波をやりすごすことを覚えてしまった俺にはまぶしかったわけで。

「だから私は、こうして浅村くんの横を歩いてるだけで上天気の空の下を歩いているような気分になれる」

そう言って俺に向かってにこりと笑みを浮かべてくれる。梅雨の合間のまさに五月晴れのような笑顔だと思った。それからさっと顔を逸《そ》らして――。

「――なぁんて。なんかポエミーなこと言っちゃった。私らしくないね」

おでこをひとさし指でかりかりと掻《か》きながら綾瀬さんが照れる。かわいいなと思い、思ったことをそのまま言ったら、なお照れた。

小路《こみち》を抜けて大通りへと出た。

日曜日の渋谷《しぶや》は、人と音で溢《あふ》れている。

駅に向かうにつれて通りはどこから湧いて出たのかと思うほどの群衆で埋まってしまう。ぶつからないよう歩くのも難しくなるほどだ。

そんな中を互いの腕を絡めながらすいすいと歩いていく中学生くらいのカップルがいた。まああれだけくっつけばひとつの生き物のように振る舞うことも可能というか――っていうか、あれ、暑くないか？　6月の気温は曇り空であっても30度近くまで上がるのに。妙な感想を抱きながら見ていたら、別にぶつかったわけでもないのに、カップルとすれちがったサラリーマンらしき男性がわざとらしく舌打ちして通り過ぎていった。威嚇されてしまった中学生カップルがおっかなびっくり通りの端へと逃げていく。

「仲良さそうでいいねって思ってたのにな」

「腕くらいなら、いつでも貸すけど？」

俺の申し出に綾瀬《あやせ》さんは思案の表情を浮かべてから首を横に振ったのだ。

「今日は一緒に家を出てくれただけで充分かな」

綾瀬さんは学校で他人の如《ごと》く振る舞う俺を見て、離れてしまったと感じた。その結果が家庭内での過剰なスキンシップの要求であり寝不足の原因ともなった。外でのふたりの距離が遠すぎた、ということなんだけど。これが難しいところで。

ただの恋人同士ではなく、義兄妹《ぎきょうだい》でもあるふたりの適切な距離とは……。

もしかしたら俺は、外ではもうすこしだけ積極性を見せる必要性があるのでは？　外では近く——の「近く」はどの程度の距離を指すのか。どこまで近ければ綾瀬さんの不安の種を育てずにすむのか。

今はこれでいいよ。その綾瀬さんの言葉が本心だったら良いのだけど。

俺は綾瀬さんの表情を横目で窺《うかが》う。

穏やかな表情に見える。

「なに？」

「なんでもないです、ええと、綾瀬さん」

綾瀬さんは「変なの」と言ってすぐに顔を前に向けた。

いま彼女の耳許《みみもと》で「なんでもないよ、沙季《さき》」と呼んだら、彼女の表情はどう変わるのだろうと思っただけなので。見てみたくも、ちょっとだけあった。

親父《おやじ》たちが居ない昨日は、もうすこしふたりきりでの時間が増えるかなと想像していたけど。意外とそうでもなかった。夕食後、もしかしたらまたハグをねだられるかもとすこしだけ待っていた。けれど、特にそういうこともなく、俺たちはそれぞれの部屋に戻ってからそのまま眠りについた。

周りを見回せば気づかされる。通りを歩く人々の中には様々なカップルがいて、それぞれがそれぞれの距離を保ちながら歩いている。同じような年頃の同じような組み合わせのカップルだったとしても、腕を組んで体同士をぴったり密着させて歩いている者も居れば、小指の先を絡めるだけのふたりも居る。

カップルはそれぞれ。距離感も様々。

そんな中で俺と綾瀬さんは肩と肩が触れ合うかどうかという距離で歩いている。

付かず離れず離れず付かず。昼の雑踏の中でこの距離で並んで歩くのは初めてだけれど、意外と心地《ここち》好いものだなと思った——俺は。

「バイトから戻る頃にはお母さんたち帰ってきちゃってるね」

「そうだね」

名残り惜しい気もするけれど、親たちの居ない、ふたりきりの生活もおしまいだ。それでもこの二日間は心穏やかに過ごせたのではないだろうか。

スクランブル交差点の信号が変わる。綾瀬《あやせ》さんは書店に俺は予備校へと向かった。


ひとつ伸びをして席を立つ。

歴史はそこまで得意ではなくて講義に付いていくので精一杯だった。聞き逃すまいと気を張っていたからか、体もかちこちに強張《こわば》ってしまっていた。

時刻は午後2時40分。これから10分間の休憩を挟んで、もう1コマ講義が残っている。

廊下を歩きながら休憩室へと向かう。

缶コーヒーでも飲んで気分を切り替えよう。

自販機で買った缶を手で軽く振りながら同じフロアにある第二休憩室の扉を開ける。四角い部屋に丸テーブルが四つと周りに椅子が置いてあるだけの狭い部屋だ。

珍しいことに誰もいなかった。

手近なテーブルに缶を置いて何度か屈伸をする。

「もうすこし運動するべきかな……」

強張った体をほぐしながらつぶやいた。元々インドアな人間だし、スポーツをすることにさほど興味がない。オリンピックのようなイベントのときだけ観《み》るタイプだ。

だからこそ運動が得意なやつが花形になる球技大会とかとは距離を置いていたのだ。

それがどういうわけかバスケをやることになろうとは。

にしても、シュートが入らない。

まあ、運動部の奴《やつ》らが何年もかけて習熟する技能を、たかだか球技大会のために数日練習した程度で入るようになるなら俺はとっくにバスケ部に勧誘されていただろう。

「こう、だっけ?」

休憩室に誰もいないのをいいことに、俺は空想上の抱えたボールをリングに向かって投げ入れる。左手はそえるだけ、というバスケ漫画の名台詞《めいぜりふ》があった。両手でボールを押し出すと左右の力のバランスが取りにくくコントロールに問題が出る、らしい。

ふたつのことを同時にやろうとすると確かにバランスは取りにくいのかもしれない。そういうときはひとつに絞ったほうが御しやすいってことだろう。

何度かエアでボールを投げてみる。

頭の中ではネットに吸い込まれていくボールだけれど、実際にはそんなに上手《うま》くはいかないものだよね。

「バスケですか?」

不意にかけられた声にぎくりと身をすくませる。

振り返ると、休憩室の扉が開いていて、長身の女の子が立っていた。

「あっ、藤波《ふじなみ》さん」

体の線が隠れるTシャツにGパンという身軽な格好をしていた。帽子を目深にかぶればこの高身長だと男性にも見えてしまう。

ていた。

「窓から姿が見えたもので」

「廊下から見えるのか」

見られたという恥ずかしさに顔が熱くなるが、からかうような性格でないこともわかっていた。

「浅村《あさむら》さんがバスケを嗜《たしな》んでいるとは思いませんでした」

「球技大会でやることになって」

なるほど、と藤波《ふじなみ》さんが得心がいったという表情を浮かべる。

「まあ、確かにぎこちなかったですしね」

「やっぱりわかる？」

「あたしは、この背の高さですから球技大会だとバスケを選べと周りから言われがちなんです。で、ドリブルとシュートはけっこう得意なんですよ。素人としては、ってレベルではありますけどね」

今度は俺がなるほどと頷《うなず》く番だった。

言われてみれば彼女の身長では真っ先にバスケに引っ張り出されそうだ。それどころかバスケ部から勧誘されてもおかしくない。ただ、初めて会ったのがゴルフの打ちっぱなしだったのもあって、意外に感じてしまったのだ。

「バスケ得意だったんだ」

「意外でした？」

「うん、意外だった。一人でマイペースにやるスポーツのほうが好きだとばかり」

「まあ、そう言われると思ってました。実際、毎回ボールを渡されて一人でドリブルで切り込んでシュート打ってましたし」

なるほど、つまりチームスポーツであるはずのバスケでも結局はソロプレイを貫き通しているわけか。思わず苦笑してしまう。

「でも、それでなんとかなってるってことだよね」

「そのほうが喜ばれましたので」

下手に気をつかわなくていいよ、とクラスメイトたちからは言われたそうだ。

「まわりがバスケ部員だけなら問題ないんでしょうけれど、うちの球技大会は部活参加者はその競技に出られない決まりでしたし。そうなると中学の球技大会だとみんな未経験者ばかりですからね。ゴール前に空いてる味方がいるな、って思ってパスを出しても受け取ってくれないもので」

「藤波さんの球は速くてコワイから、こっちに投げないで！　って」

「受け取ってくれない？」

「あー」

バスケ部員でもないのに、バスケ部なみの威力のボールが飛んできたら、それは怖いだろう。

「なので、あたしはボールをパスされるばかりで他の誰かに出すことはできないわけです」

「で、独りで走っていかざるをえない、と」

ボールをあちこちから渡され、その度に突撃していく彼女の姿が目に浮かぶ。

「まあ、そのほうがあたしとしてもありがたかったんですが」

「お互いにウィンウィンだったのなら良いのでは？」

「ですかね。でも、あんなに突っ走っちゃってると、それはそれでいいのかって気にもなるものでして」

「チームプレイを楽しみたいからチーム競技をやるのか、勝つためにチームプレイを選択するのか、にもよるかな」

「学校主催の球技大会ですからね。協調性を育む教育の一環として見た場合は問題がある気がします」

「それだと個人競技種目を大会に入れちゃいけないことになる」

「なるほど。その考えはありませんでした。まあでも、勝利至上主義ではないですよね。学校の球技大会だと」

「とはいえリハビリのレクリエーションでやってるバスケでもないわけだし。いちおうは勝つことを目指して競うことが前提でしょ。大会形式なんだし。もちろん勝つためには何をしてもいい、だと学校教育の理念とは外れちゃうだろうけど」

「それはまた極端なことを」

「藤波《ふじなみ》さんを突撃させる戦術をクラスが選んだって考えれば、それはそれでありじゃないかな」

なるほど、と藤波さんが納得した顔になる。

「それはいい考えです。あたしも気が楽になりますし」

ひとしきり話しているうちに講座の時間がきて、藤波さんとの会話はそれで終わったのだけれど、改めて、藤波さんのように乞われているわけでもないのに、チーム制競技に出たい、と思ってしまった自身の心境の変化について考えてしまった。

つまりこれって、無理のない範囲で幾らかでもいいから協調性を養いたい——誰かと何かを一緒にする為《ため》の訓練をしたい、って思ってるのかもな。

講義が終わって建物を出ると予報通りに雨が降り始めていた。

折り畳み傘を開いて頭の上にかざす。

「当たって欲しくない予報ほど、外れないいんだよな……」

空を覆う黒い雲とそぼ降る銀の雨を見つめながらぼやいてしまう。

世界はマーフィーの法則で満ちている。食卓の上から落としたパンは必ずバターを塗った面を下にして落ちるし、降って欲しくないときほど雨は降るのである。

自宅までの道のりは坂が多かった。雨が降るととても歩きにくい。

しかも傘で見通しが利かなくなるうえに、垂れこめる雨雲がぶ厚くてまだ明るいはずの午後6時なのに辺りを薄暗くに包んでいる。

曲がった小路《こみち》の向こうに見える見慣れたはずのマンションが雨に濡《ぬ》れて色が変わっていてまるで別の建物のよう。明るく灯《とも》っている街灯の下、ペールグリーンの敷石も深い翠《みどり》となって踏まれてゆく。

ただいまと家の中へと向かって声を掛けつつ玄関の扉を開ける。

濡れた服や靴下をフロアにあがるまえに脱ぐ。そのまま洗面所へと直行し、洗濯かごに放り込んでから部屋着に着替えた。もうすこし濡れていたらシャワーを浴びたいところだけれど、そこまでではない。

綾瀬《あやせ》さんも両親も帰っていなかった。

先ほどよりも雨足がすこしだけ強くなっているのを窓を叩《たた》く音で感じる。

「風呂、沸かしておくか」

それから俺は夕飯の支度を始めた。

買い物をしていない以上は食材として使えるのはすでに買ってあるもののみ。そして俺が作れる範囲のレシピでなければならない。雨の日だし温かいものがいいだろうか。

「……カレー、とか？」

いいかもしれない。

スパイスの効いたカレーは食欲の落ちる季節にぴったりだし、温かいご飯の上に温かいカレーをかければ、冷えた体に染み渡るメニューになるはずだ。想像しただけであの刺激的な香りが思い起こされてしまう。腹が鳴る。

ただ、綾瀬さんは俺ほど辛い味が得意ではなかった。辛さは、後から追加できるのだから、とりあえず彼女の好みに合わせて甘めに作っておこうか。

スマホでレシピを検索。ちなみに今回の検索ワードはずばり『時短カレー』である。

コンロを使わなくてもカレーは完成形まで漕《こ》ぎつけられる、らしい。野菜と肉を切ってから電子レンジで加熱するだけでいい。こいつに挑戦してみるか。

玉ねぎとサラダ油だけ混ぜて先に加熱しておいてから残りの具材を入れろ、となっていた。そして水を加えてじっくり加熱する。これだけ。

これだけ、だが油断は禁物。レシピに書かれている制作時間よりも絶対に増えるのが、初心者の初心者たる所以《ゆえん》だ。

さらに言えば、レシピというものは初級料理魔導士にとっては古代語で書かれた魔術書のようなもので。

たとえばこの野菜の切り方とか。人参《にんじん》を半月切りにしろ、と言われても。半月とは？となる。こんな初歩の初歩でつまずいてるなんて、綾瀬さんに知られたら爆笑されそうだ。

野菜と肉をぜんぶ切ってから水とルーとを加えてレンジを使って温める。

我が家ではカレーのルーは甘口と辛口と両方が常備されている。今はとりあえず甘口のみを使った。量はすべてレシピ通りにしたのでこのままだとふつうに甘口カレーができあがるはずだった。

加熱を終えてから味見をしてみる。

ふつうにふつうの甘口のカレーができあがっていた。

レシピって偉大だ。これでばっちり綾瀬《あやせ》さんの好みのはず。

彼女の笑顔を想像して頰《ほお》が緩むのを感じた。

そして、自分も笑顔になっていることに気づいて同時に不思議な気分にもなった。味見をした結果、できあがった料理は自分の好みの味ではなかったわけで、つまり俺は自分の為《ため》に作るのだったら満足するわけじゃないカレーを作ったにもかかわらず喜んでいた、と気づいたからだ。

変といえば変。けれど、当たり前といえば当たり前な気もする。

相手の欲するものなのだから相手の好みに合わせるべきだと言えばそう。ただ、それが無限に肯定されるべきかと言えば実のところそうでもない。得手ではないことをするのはストレスのかかることだからだ。

愛する者の為とはいえ自分の羽毛を抜いて機織りしていたら日に日に痩せ細る。

結果、相手を心配させてしまっては本末転倒だろうし。

「すり合わせ可能だったってこと自体が幸運なことなのかもな……」

綾瀬さんの好みがスプーンで掬《すく》って味見ができる範囲の甘党だったことで感動してるってのもセンチメンタルすぎる感想なのかもしれないが。

窓の外がすっかり暗くなっていた。雨音だけがキッチンを包んでいる。

些細《ささい》なことに心が揺れるのもこの雨のせいなんだろうか。

ちらりと時計を見る。

合成音声が風呂が沸いたと告げてくる。同時に玄関の扉の開く音がして、「ただいま」という綾瀬さんの声が聞こえた。

「おかえり。雨、どうだった？」

玄関先からなかなか入ってこないからおそらく濡《ぬ》れたんだろうなとは推測できていた。

ドア越しに「ずぶ濡れ……」と小さな声が返ってきた。

「お風呂、沸いてるから」

扉の向こうに届くように若干声を張り上げた。

「……」

何か返事をしてくれたようだけれど聞こえなかった。

すこし待ってもキッチンのほうにくる気配はなく、おそらく自室に着替えを取りに行ったか風呂場に行ったのだと判断できた。

ならば風呂からあがってきたらすぐに食べられるよう夕食の用意を済ませてしまおう。

俺はサラダや総菜の準備をするべくふたたびキッチンに立った。

扉を開けて入ってきた湯上り綾瀬さんの最初の言葉は「いい匂い！」だった。

「カレーにしたんだね」

「温まるかなと思って」

「うん。すごくありがたいかも」

雨はどうだった、と聞くと、窓のほうを見ながら綾瀬《あやせ》さんは唇を噛《か》んだ。悔しそうに、もっとも降りが激しかったときに帰ってきてしまったと言う。

「でも、これからさらに降りが強くなるかもしれないし」

「それはそうなんだけど……。お母さんたちだいじょうぶかな」

親父《おやじ》たちは旅行には車を利用しているわけで、雨の夜は運転には向いてない。ああ見えて慎重だから安全運転してくれると思うけれど、多少心配にはなる。

「もう帰ってくる頃だと思うけ――ど」

俺が言うのとほぼ同時に綾瀬さんのスマホが震えた。

「お母さんからみたい」

言いながら俺に視線で確認を取る。どうぞと促すと、綾瀬さんはメッセージに視線を走らせる。え、と声にならない声をあげた。

「なにかあったの？」

深刻な知らせでないだろうことは予想ができた。それなら同時に俺のほうにも何か連絡が来ているだろう。

「渋滞に捕まったみたい。全然動かないって。かなり遅くなりそうで、場合によっては、諦めてもう1泊してくるかもだって」

それを聞いて俺はすぐに自分のほうで渋滞情報を調べてみる。親父たちの行先は聞いているから使っていそうな道路を中心に情報を漁《あさ》ってみた。

「ああ……。事故渋滞っぽいね」

「明日って月曜日だけど、だいじょうぶなのかな？」

「親父は予備で有休を取ってあるって言ってたな。亜季子《あきこ》さんは聞いてないけれど」

「お母さんは、そもそも仕事が夜からだし。じゃあ、帰りが遅れても平気そうだね」

「有休を取っておいたのも、こういうこともあるって見越してだろうな」

言いながら、俺はつまり今夜も親父たちは居ないのだと気づいてしまった。

いや——気づいたから何が変わるというわけでもないのだけど。昨夜《ゆうべ》も同じ状況だったわけだし。

食事を終えたら、風呂も適切なコミュニケーションで順番に入り、部屋に戻って勉強。必要以上にベタベタもせず、避けもせず、ほどよい距離を保てばいい。

「お風呂だけど」

「え？」

「って、なにその不思議そうな顔」

「あ、いやごめん。ちょっとぼうっとしてた」

「だから、お風呂は私、先にいただいちゃったから、悠太《ゆうた》、兄さんは好きな時間に入っていいよって」

「ああ。そうか」

もう綾瀬《あやせ》さんは先に入っているのだから、今日は俺は好きな時間に入れるのか。そんなことここしばらくなかったから、好きな時間と言われると逆に戸惑ってしまう。

「そういえば、今日一緒になったよ。小園《こぞの》さんって子」

「ん？　あ、やっぱり担当になったんだ」

いきなり話題が変わったので頭がついていかず、一瞬、小園さんって？　と考えてしまったけれど、すぐに新人バイトの小園絵里奈《えりな》さんのことだとわかった。

予想どおりに綾瀬さんと同じシフトだったようだ。

「やっぱり私もお世話係になったみたい。色々教えてあげてって言われた」

「初めての後輩だね。呑《の》みこみ早そうだったからそんなに手はかからなそうじゃない？」

「そう……だね」

奥歯に何かが挟まったような歯切れのわるい返答が返ってきた。

初対面の人間の感想を問われると綾瀬さんはこうなりがちだ。テンプレートな価値観で他人を分類することを嫌うのが綾瀬沙季《さき》という人物で、だから、ひとことで相手の感想を言えなくなる。

それはわかるのだけれど、それだけではない気がした。

「なにかあったの？」

「なにかあったわけじゃなくて。元気で素直だし良い子なんだと思う。けど……ごめん、ちょっとうまく言語化できない」

「俺の感じた印象だと、奈良坂《ならさか》さんと似てるのかなって思ってたけど」

奈良坂真綾《まあや》さんは綾瀬さんにとっていちばん親しい間柄の友人と言っていいだろう。

綾瀬さんが意外そうな顔をしたのが俺にとっては意外だった。

「真綾？　ちがう、と思う。たぶん全然ちがう」

「そうなんだ」

「正反対、かもしれない」

その応えに、俺はさらに意外に感じてしまう。

正反対？　俺の出会ったときの印象だと、奈良坂さんも小園さんもどちらも、人懐こい元気な女子という印象なのだけど。

「真綾は来ないから」

「来ない？」

「そう。ひまわりみたいかな。小園さんは、その、ええと……おひさま？」

さっぱりわからなかった。

けれど、綾瀬さんの中ではふたりにはどうやら決定的なちがいがあるらしい。

同一人物に対してここまで離れた印象を持つのは珍しい気がした。でも、そもそも俺と綾瀬さんは別の人間なのだから、感覚を共有できないのはあたりまえの話なのだけど……。

窓を打つ雨の音が強くなってきた。

「台風が来てるわけでもないのに、雨、強いなあ」

窓ガラスはバケツに汲《く》んだ水を引っ掛けられているみたいに水が流れ落ちている。

「……片付けちゃうね。美味《おい》しかった。ごちそうさま」

「流しに置いておいてくれればやるから」

「ん。じゃあ、おねがい」

食べ終えた皿を流しに置くと、綾瀬《あやせ》さんは自室に籠った。

そう、食事を終えたら互いに部屋に戻って、ほどよい距離間を保ちつづけること。俺と綾瀬さんは今日もそれを実践している。

親父《おやじ》たちはまだ帰ってこない。

「俺も勉強するか……」

洗い物を済ませると自室に籠った。


1時間ほど集中していただろうか。

疲労感を覚えて顔をあげれば、もう11時という時刻だった。

そろそろ風呂だと腰をあげる。着替えを抱えて部屋の扉を開けると、リビングに明かりが点《つ》いていた。テレビの音がして珍しいなと思いつつ覗けば、ソファに腰かけている綾瀬さんの背中が見えた。

「ニュース見てるの？」

「うん。ウェザーニュース。なんか集中豪雨だって」

テレビに近づいてよく見れば、画面の中の関東北部が真っ赤になっている。

「親父たち、これにもろにぶつかってるのか。あのあと連絡は？」

「サービスエリアでのんびりしてるって」

思ったよりも深刻さがなかった。

明日まで休みを取っているからだろう。無理をする気はないらしい。

ごうごうという風の音は相変わらずだし、それどころか窓の外が時々フラッシュを焚《た》いたように光る。どうやら雷までやってきたらしい。

「ありゃ。本格的な嵐になっちゃったか」

「うん……」

膝を抱えてソファの上に座っている綾瀬さんはじっとテレビ画面を見つめていた。

「心配しなくてもだいじょうぶだと思うよ」

「お母さんたち？　うん。それは心配してない」

そのわりには熱心に画面を見てるのだが。

「何か飲むなら淹《い》れるけど」

「コーヒーは眠れなくなっちゃうから。それにお風呂に入るところだったんでしょ。私のことは気にしなくていいよ。自分で淹れるから」

言いながら綾瀬さんがソファから立ち上がった瞬間にそれがきた。

閃光《せんこう》に窓が白く染まる。

間を置かず、殴りつけるような轟音《ごうおん》が鼓膜を叩《たた》いた。

目の前が真っ暗になり、綾瀬《あやせ》さんが悲鳴をあげた。俺はそのとき初めて彼女の叫び声を聞いた。

「綾瀬さん！」

しゃがみこんだ綾瀬さんの肩を支え、だいじょうぶかと声をかける。

真っ暗になった部屋の中に二発目の閃光が差し込んで轟音が鳴り響く。一瞬だけ浮かび上がった部屋の風景が瞬く間に闇へと消える。思わず俺自身も首をすくめてしまう。立て続けの雷鳴に綾瀬さんが俺にしがみついてきた。

「電気っ……」

「落ち着いて。だいじょうぶ。たんなる停電だよ」

闇の中で互いの体だけを頼りに支え合う。ゴロゴロとどこか近場でまだ鳴っているけれど、さすがに建物の中に居れば雷に打たれる心配はないはずだった。窓の外を見ると、どこの建物からも明かりが消えてしまっていた。この地域一帯の電力網に障害が起きて停電になっているのだろう。

しがみついてくる綾瀬さんの顔は俺の胸元に埋《うず》められていて見えない。けれど、体の震えは伝わってきた。

「すぐには明かりが点《つ》かないかもしれないし、危ないから座っていたほうがいい」

「う、うん」

返事とともに綾瀬さんが顔をあげる。稲光の明かりだけではわかりづらいけれど、かなり怖がっているだろうことは声の震えからもわかった。

俺は手を引いてゆっくりとそのままソファに座らせる。隣に座った。

「ほら、窓の外。ぜんぶ真っ暗だし」

「停電……」

「発電所か変電所かそれとも送電線か、どこに原因があるのかわからないけどね、たぶんこの規模だとすぐには復旧しないんじゃないかな」

「す、すごい雷だったもんね」

テレビの画面も真っ暗になってしまっている。

綾瀬さんは体を寄せたまましばらく黙っていた。風呂上がりだからだろうか、ふわりといい匂いが鼻先をかすめる。預けてくる体の重みを感じるけれども、それが思っていたよりも軽くて支える腕に力を込めてしまうと壊れてしまいそうで怖かった。

こんなに取り乱している綾瀬さんを見るのは初めてで、雷よりも停電よりも綾瀬さんをどうしたら安心させられるだろうかが思いつかなくて焦る。でも、ここで俺があたふたしたら逆効果なこともわかっていて。

俺は、できるだけ穏やかな声を心がけ、ゆっくりと話しかけた。

「雷、苦手なの？　それとも、停電が？」

「……どっちも」

暗いのも雷も苦手、ということだろうか。それは気づかなかった。

「ごめんなさい。子どもみたいにしがみついちゃって」

「苦手なものは誰だってあるよ」

話をしていたほうが気も紛れるだろうと思い、俺は綾瀬《あやせ》さんをしがみつかせたまま会話をつづける。

背中に回した腕にほんのわずかに力を込める。

「どこにも行かない。君の傍《そば》に居る」

だから怖がらなくても大丈夫だと。

そう伝えたのだった。

背中の震えは、ぬくもりが伝わっていくにつれて収まっていく。

「浅村《あさむら》くんも怖いものってあるの?」

「そりゃまあ。ないこともない」

ああ、呼び方が戻っちゃってるなと思いながら、あえてそれは指摘しなかった。

「ほんとに?」

「夜の墓地とか。それなりに怖いよ、人並みに」

「幽霊とか信じてるわけ?」

「いや……。でも、何かが出そうだとみんなが思ってる場所って、そうみんなが思ってるせいで、何かが出てきそうな気がしない？」

「なに、それ」

くすりと笑う声がして、俺はようやくほっとしたのだ。

窓の外。ゆっくりと雷の音が遠ざかっていく。光と音が段々とずれてゆき、音は次第に小さくなり、風も収まってきた。

「そんなにおかしいこと言ったかな？」

わざととぼけた調子で返せば綾瀬さんはふたたびくすくすと笑って体をゆする。

しがみついていた手のひらを解《ほど》いて、手を俺の胸に押し当てたまま顔をわずかに上に向けた。視線が合う。

「それだとおばけとか幽霊が出てくるのは生きてる人のせいってことになるでしょ」

「そう言ってる」

どういうこと？　と瞳に疑問符を浮かべたので俺は答える。

「お墓だけが墓じゃないと思わない？」

「どういう意味？」

「たとえばこの日本の土地の上ってさ、何千年も前から人類は歩いてたわけでしょ」

「それはまあ、縄文時代は1万年以上前から1万年ほどつづいたわけだし」

「だったら、お墓じゃない場所で死んだままそこに眠ってる人もいるはずだよね。幽霊とかおばけが死者の眠る土地に出るなら、日本のどこに出たって不思議はないはず」

先ほどまでの怯《おび》えた顔はどこへやら、綾瀬《あやせ》さんは眉を寄せて考え込む。

「それは……そうだけど」

「そう考えたら、俺たちのいるこの建物の下にだって誰かの骨が埋まってるかも」

「ちょ、ちょっと何言って」

「でも、普段から別に気にしてないでしょ。なのにお墓だけ怖がるのはおかしい」

「そうだけど。むしろそう考えるなら、浅村《あさむら》くんだって怖がるのは変なんじゃないの」

「でも、怖がる人は多いし、俺も子どものときは嫌だなって思ってた。それだけ多くの人が怖がる場所だと怖いことが起きそうで」

降って欲しくないときほど雨は降る。

マーフィーという名の幽霊を俺は信じているのかもしれない。

「……なんか変な理屈な気もするけど」

さすがに綾瀬さんは俺が話を途中で捻《ね》じ曲《ま》げたことに気づきはした。まあ、どのみち気を紛らわせるためのおしゃべりなので理屈はどうでもいいのだが。

「怖いもんは怖い、でいいんじゃないかって話。無理をしなくてもいいよ。かぞ……俺の前では」

「……うん。ありがと……」

じわりと蒸し暑くなってきた。エアコンが止まってしまったからだ。

テレビも消え、エアコンも消えてしまうと、家の中ってこんなに静かだったのかと今さらに気づかされる。

雨風が強くなることがあって、そのときだけ窓ガラスが揺れて鳴る。

明かりはまだ点《つ》かない。

それでも不自由ならばスマホのライトをつければキャンドルほどの明るさは確保できることはわかっていた。でも俺たちは、真っ暗なリビングのソファの上でそのまま体を寄せ合ってじっとしていることを選んでいた。

こうしていると、2か月ほど前に抱き合ったままベッドで寝落ちしてしまった夜を思い出してしまう。互いのぬくもりが心地《ここち》好《よ》くて訪れた睡魔に勝てなかったのだ。

綾瀬さんはもう震えてはいなかった。

「私が暗闇が怖いのはたぶんあれが原因なんだ……」

あれが、と言ったきりしばらく口を開かなかった。

急《せ》かさずに彼女の言葉を待つと、すこししてから綾瀬さんは自分の過去の思い出を話し始めた。

「小学校の……3年か、4年の冬だったと思う」

その頃は小さなアパートの一室でまだ家族一緒に眠っていた。両親の仲は徐々にわるくなっていたけれど。

真夜中にふと目が覚めてしまった。

「布団が冷たくて、いつも隣に居てくれたお母さんが居なかった。お母さんもお父さんも居なくて暗闇の中で私ひとりだけ取り残されていて」

残されていて、いて――と溜息《ためいき》を吐き出すように言った。まだ子どもだった綾瀬《あやせ》さんはそのときなぜ自分だけ取り残されていたのか理解できなかった。暗闇の中にひとりで放り出されたように感じたという。

両親が死んでしまった、捨てられた、世界が突然自分だけになってしまった、そういった非現実的な恐怖に襲われた。

「そのころ読んだおとぎ話にも影響されていたのかも。北の国に伝わるお話らしいんだけど……。太陽が地平線の下に連れていかれてしまって、長く続く夜にひとり残されてしまった女の子が、時さえも氷りつく寒さのなかで心臓まで凍ってしまう。そして人の心を失って冬の魔物になってしまうっていうお話だった」

綾瀬さんは、暗闇のなかで自分も魔物になってしまうのだと思ったらしい。闇の中に放り出されてそのまま両親に会うこともできず……。

「その頃もう、両親の仲はずいぶんと冷え込んでいて、元に戻れないことを私はうすうす気づいてた。私はそれがひょっとしたら自分のせいじゃないかと思ってた」

「自分の……？」

「母を責めるときの父の視線と同じものを、父が私を見つめるときに感じてしまっていたから……」

お前もいまに母のようになって俺を見下すんだろう？

自分も母もそんなふうに父を見たことはなかったのに。

今になって思えばあのとき両親は外に出ていたのだと思う、と綾瀬さんは語った。

夜に夫婦喧嘩《げんか》をするときには、狭い家の中でヒートアップして娘を起こしてしまわぬよう、父の車の中でやり合うようにしていたのだ。

外に出ようと促したのが母なのか父なのかはわからない。性格的には母だろうと思うが、それに同意したのだから父も仲違《なかたが》いをしているところを娘に見せたくないという気持ちはあったのだろう——あったと思いたいと綾瀬さんは言った。

けれども当時10歳になったかならずかの子にそんなことがわかるはずもなく。

そして彼女は大泣きしてしまった。

泣き声を聞きつけた母が駆けつけてあやしたけれど、綾瀬さんはその夜はほとんど寝ることもできずに母にしがみついて泣きつづけた。その夜からずっと、真っ暗闇の中では眠ることができず、常夜灯だけは点《つ》けるようにしていると。

そんな話を綾瀬さんはとうとう語ってくれたのだった。

「高校生にもなって暗闇が怖いとか恥ずかしい……でしょ？」

「そんなことはないけど……じゃあ、雷が怖いのは、停電があるから？」

「それもある。停電が起きるときって雷が鳴っていることが多いでしょ。だからだと思う。もちろんあの大きな音が怖いというのもあるけど。ああいう自然現象って、個人の力じゃどうにもならないし……」

「怖いものなんて誰にでもあるよ。みんなそれをことさらに言ったりしないだけで」

俺も高いところが苦手で、だから修学旅行で乗った飛行機も苦手だった。

「むしろ怖いものを素直に怖いと言えるのはすごいことだと思うよ」

「パニックおこしてすがりついちゃったのに？」

「俺ならそれでも意地になって怖くないって言っちゃうかも。ホントは怖くてもね」

「それはそれでかわいいと思うけど」

かわいいといわれても。

「まあ、俺は幸い暗闇も雷も平気だから。そういうときは頼ってくれていいよ」

「うん。ありがとう」

どういたしまして、とすこしおどけるように返したら、綾瀬《あやせ》さんはふわりと笑みを浮かべてから、また俺の胸に顔を埋《うず》めてきた。そっと囁《ささや》いてくる。

「……さっき、嬉《うれ》しかった」

「え？」

「言ってくれたでしょう。どこにも行かない。君の傍《そば》に居るって」

「あー、まあ」

自分で掛けた言葉なのに改めて言われると恥ずかしかった。

「あれで落ち着けた」

「そりゃよかった。ま、雨足も弱くなってきたみたいだし、雨もやめば停電からの復旧も進むんじゃないかな」

言いながらスマホを待機画面から復帰させてメニューを開いた。目を瞑《つぶ》っていてもできるほど慣れた手順ですっかり聞きなれたローファイ・ヒップホップの音源を立ち上げる。

どこか懐かしさを感じさせるまるで古いレコードから聞こえてくるような、いまどきの音楽のクリアさとは異なるかすれたような音があたりを漂う。

「停電だってことは忘れよう。雨の音と音楽を聴きながら過ごす優雅でお洒落《しゃれ》な時間だって思ったらお得じゃない？」

闇の中、綾瀬さんがくすりと笑った。

「ちょっと気障《きざ》だね」

「雨の日は犬も詩人になるんだって」

「誰の言葉？」

さて、誰の言葉だったか。どこかで読んだ気がするのだけど。面倒《めんどう》なので適当に誤魔化《ごまか》すことにする。

「浅村悠太《あさむらゆうた》」

真面目な声で言ったら、顔を俺の胸に埋めたまま声を出さずに笑っていた。肩が震えている。そこまで笑われると即興詩人としては落第だろうな。そして笑われた瞬間に元ネタを思い出した。『恋すりゃ犬も詩人』って言い方ならあると。だいぶちがう。より恥ずかしくなったので、黙ってそのまま押し通すことにした。

互いのぬくもりが寄せ合った体から伝わってくる。

音楽と静かになってきた雨音を聞きながら俺たちは言葉を消したまま。

時間だけが過ぎてゆき、互いの体温が混ざり合ってひとつになったような気分になる。

不意に綾瀬《あやせ》さんが顔をあげた。ねえ、と唇が動いて――。

唐突に天井の照明が点《つ》いた。

エアコンが上がった室温を下げようと、ゴフッといちどだけ咳《せ》き込《こ》んでから風を吹き出し始める。

窓の外も建物に明かりが戻っている。停電から復旧したのだ。

LINEの着信音が鳴った。俺のじゃなくて、綾瀬さんの。

「『雨がやんだから帰る』だって。『できるだけ急ぐわ』ってなってる。朝になる前に帰宅できるかもだって」

「それはよかった」

「残念。優雅でお洒落《しゃれ》な時間が終わっちゃったね」

「またいつか、だね」

「うん。じゃ、おやすみなさい。悠太《ゆうた》……兄さん」

「おやすみ、沙季《さき》」

俺と綾瀬沙季の両親不在の二日間はこうして終わったのだった。

●6月13日（日曜日） 綾瀬沙季

悠太兄さん、悠太兄さん、悠太兄さん。

心の中で3回唱えてから扉を開ける。これが私の最近のルーティーン。

「おはよう、悠太兄さん」

ほら、すらりと言えた。

ダイニングの向こうのキッチンに浅村《あさむら》くんの上半身が見えている。

「おはよう、沙季」

——おはよう、沙季。

苗字《みょうじ》ではなく名前で呼ばれるたびに心拍数は今でもほんのすこし上がる。

それでもすこしずつ慣れてきて、最近ではあまり動揺せずに受け答えができるようになったと思う。

両親不在の2日目。

ふたりきりだと自覚してしまうと、私は、自分たちが兄と妹であるという関係性を忘れてしまうのではないかと心配している。

それは私と浅村くんが恋人同士でもあるのに、恋人らしい振る舞いができないでいるからで、そういう気持ちがふたりきりだと自覚すると表に出やすいのだ。でも、私たちは兄と妹でもあるのだからして、ふつうの恋人同士の振る舞いをするわけにもいかない。

……ふつうの恋人同士の振る舞いってなんだっていう話でもあるんだけど。

ええと、手を繋《つな》いだり？　ハグしたり？　キスしたり？　他にも、それ以上の――

――という妄想が湧き出てくるのを抑えるため、私は「悠太《ゆうた》兄さん」とその度に呪文のように唱えるのだ。

昨日は無事に乗り切った。今日も順調にスタートできた。この調子だ。

もう弁当を作り終わってるの？　早いね、と彼がテーブルに置いたランチバッグを見てから言った。

さて、お弁当の中身は何だろうか。

買い物をしてきてくれたときに私の伝えた食材リストの中には無かったものが紛れていた。ウィンナーが１パック。粗びきで下味の付いているやつ。浅村《あさむら》くんは辛いものが好きらしいけれど、それは取り立ててピリ辛とか書いてなかったし、太一《たいち》お義父《とう》さんの為《ため》とも思えなかった。たぶんお弁当用。

浅村くんが作るタコさんウィンナーとか何それかわいい食べてみたい。

いやいや、求めすぎてはいけない。ふつうにそのままごろっと入っているだけかも。初お弁当作製だものね。それでもまさかお弁当を作ってくれるとは思わなかったから嬉《うれ》しいのだけど。

同じテーブルについて同じ朝食を食べる。ご飯にお味噌汁《みそしる》に目玉焼き。浅村くんの作る料理はまだレパートリーが少ないけれど、どれも美味《おい》しい。味噌汁も私にはちょうどいい濃さだった。

「ん。美味しいね」

そう言うと明らかにほっとしたような顔になる。そんなに緊張しなくても浅村くんはいつも丁寧に作っているからだいじょうぶだよ。

食べながらあれこれと、どうでもいい話をする。

浅村くんがちらりと自分のスマホの画面に目を走らせる。

「午後から雨と雷……」

浅村くんのつぶやきを聞き取った私はあやうくご飯を丸呑《まるの》みするところだった。反射的に彼の向こう側に見える窓の外を見る。

青空が見えていて、良い天気だった。

「雨……降りそうもないけど？」

でも浅村くんによれば夕方以降は雨が降る確率がなんと90％もあるそうだ。

それは……けっこうな確率で雷雨がくるということで。

「帰り道は気をつけてね。『雷のおそれ』ってなってるし」

「え？　あ、ん……わかった」

顔色に出てしまっただろうか。私は自分の動揺を知られたくないと思った。

雨はまだいい。濡《ぬ》れるだけだから。でも、雷は苦手だった。あの大きな音が近くで鳴るとまるで怒られているかのような気分になるのだ。それに……雷は停電を連れてくる。

暗闇を連れてくる。

美味しかった朝食がそのままだと台無しになりそうだったので、私はむりやり話題を切り替えた。

朝食を食べ終えると、私はバイト先へ、浅村《あさむら》くんは予備校へと出ることになる。

予備校のほうが始まるのが遅いし、浅村くんは自転車だから私よりも一時間は遅く出られるはずだった。

けれど、マンションの扉を開けたところで浅村くんに呼び止められる。

「俺も一緒に出るよ」

「ゆう……」

悠太《ゆうた》兄さんも？　と言おうとして、私は自分がすでに半分ほど家から出てしまっていることに気づいた。

いつもなら「ここから先は浅村くん」と心の中で3回唱えてから家の扉を閉めるのだけれど、扉に手を掛けた状態だったから、彼をなんと呼ぶべきかと考えてしまった。

とりあえずちゃんと外に出てから振り返って。

「……なに？　浅村くん」

そう呼んだら、「そこまで律儀に使いわけなくとも――」と言われてしまった。

そのとおりだとはわかってはいた。私は融通が利かなさすぎる。

「ほら。今日は雨だっていうからさ、自転車に乗っていけないいし。それなら一緒に出ようかなって」

ああ、なるほど。それなら納得です。

もちろん、夕方から雨だからだけが理由ではないよね。

私は、恋人同士らしい振る舞いをして周りからあれこれ詮索されることを好まないのだけれど、その一方で赤の他人のように浅村くんから扱われるのも嫌なのだ。

それを知っている浅村くんは、兄と妹ではなくなる外での振る舞いに気を使ってくれているとわかる。

今日はたまたま同じ方向に行くのだから、マンションの同じ扉から出ていくところを見られるのでもないかぎりは、誰か知り合いに会ってもたまたま会ったと言い張れるだろう。近所のスーパーくらいなら買い物に一緒に行ったことは今までにもあるし。

我ながらなんという面倒《めんどう》くさい性格かと思う。

ふつうの恋人同士たちはいったいどうやって自分たちの距離感を適切に保ち続けているのだろうか。誰かに聞いてみたい。でも、知り合いからは特に男性とお付き合いしているという話は聞かないし。まあ……そもそも知り合い自体が少ないという話でもある。

同年代の女性の友人というと、真綾《まあや》。いやでもいないでしょ、あの子。誰とでも仲良くしてるけれど、特定の相手がいるようには見えない。

あと最近だと、佐藤涼子《さとうりょうこ》さんとか委員長とか、なんとなくおしゃべりしたりするけれど、でも、そういう話は……。

マンションから出て空を仰ぎ見ると、黒い雲に覆われてしまっていた。

これは降る。間違いない。

「バイトから戻る頃にはお母さんたち帰ってきちゃってるね」

夜までには帰ると言っていた。

浅村《あさむら》くんとのふたりきりの時間もおしまい。せめて今は駅前までの道のりを並んで歩けることを楽しもう。

私たちは駅へと向かって歩き出した。


予備校へ向かう浅村くんとは途中で別れる。

互いに軽く手を振って、それぞれの目的地へ。すこし前の私なら別れ際に振り返りたくてたまらなかった。でも今日はそんな衝動もなく書店までたどりつけた。

呼び方を変えた効果、あるかも。

ちいさな満足を逃がさないように手をいちどだけ握りしめる。手早く制服に着替えて事務所のドアを開けた。

女の子がいた。

可愛《かわい》らしいつむじが見える。小柄だ。見たことのない子。

誰だろう。お店の関係者かな。

なぜそう思ったのかと言えば、彼女が私と同じ制服——学校の、ではなく書店から貸しだされている襟付きシャツとエプロン――に身を包んでいたからだった。

もしかして――。

バイトの子かも。新しく入った子にちがいない。

その子は何かをエプロンのポケットにしまい、顔を上げた。

やはり初めて見る。そういえばたしか浅村くんが昨日言っていたような、なんとかさんって人が入ってきたって。

目が合う。彼女が笑いかけてくる。

「沙季《さき》先輩！　綾瀬《あやせ》、沙季先輩ですよね？　本日はよろしくお願いします！」

「え、あ、はい」

「わ～、ほんとに美人さんだぁ！」

言いつつ彼女は寄ってくる。キラキラ輝く瞳に見つめられて私はたじろいだ。

「髪、すごく明るくてきれいな色ですね。何回くらいブリーチしました？　どこの美容院さんです？　めっちゃ似合ってて可愛い……っていうか、モデルさんみたいで素敵です」

一気にまくし立てられて私は面食らってしまう。

な、なに。何が起こってるの。

――ん？

あれ？　私、いま自分の名前、言ったっけ？

どうして私の名前を知っているんだろうか。まだ名乗ってすらいないのに。ていうか、いきなりの名前呼びだったよね。

「わーわーわー！　ほんと、すっごくきれい！」

いやでもだから近い近い近い！

「あ、あの……」

私が戸惑っていると、女の子ははっとした顔になり、それから慌てて頭を下げた。

「あ。ごめんなさい！　あたしその、店長さんから『今日、君の世話をしてくれる先輩はきれいなお姉さんだよ』って聞いてたので。そしたらその、ほんとにきれいでー、仲良くしたいなーって思って……」

きれいなおねえさん……って、私のことだろうか。

そう言われるのは嬉《うれ》しいが、綺麗《きれい》という形容が似合いそうなのはこの店だったら読売《よみうり》栞《しおり》さんのほうじゃなかろうか。

それに目の前の女の子だってとても可愛《かわい》らしい感じの子だった。

身長はかなり低い。おそらく真綾《まあや》より低い。幼めの顔立ちに似合うツーサイドアップにはインナーカラーが入ってる。しかも赤。黒髪のアクセントとしてちょうどいい色。くりっとした瞳も相まって、人形のように可愛らしい。

まだ中学生っぽさの残る幼い顔立ちだけれど、髪型も服装もしっかり流行を取り入れていて自分に似合うファッションを知っている人の着こなしをしていた。

私とは違う系統のファッションを好むようだ。そういえば見た目については浅村《あさむら》くんから聞いてなかった。

「ええと……あなたがその、新しいバイトの？」

「はい。あの、初めまして、小園《こぞの》です。小園絵里奈《えりな》です」

「こぞのさん」

――小園絵里奈さん。

浅村くんが言っていた新人さんだ。たしか高校1年。

そっか、店長と、もしかして浅村くんからも聞いてたから私の名前を知ってたわけか。

小園さんをちらりと見る。ええと、ここはちゃんと先輩らしくせねば。

「初めまして、綾瀬沙季《あやせさき》です。よろしくお願いします」

お辞儀をすると、小園さんは慌てたように頭を下げてくる。

「こちらこそよろしくです！」

悪い子ではなさそう。そう思った。けれど、同時にちゃんとやっていけるだろうかとも思ってしまった。あまりにも距離感が近すぎる。互いに悪いところがなくても相性というものは存在するわけで、すこし不安だった。

だってこんな子、初めて出会ったかもしれない。

シフトよりも早く小園さんを連れて売り場へ向かった。

店長から研修を任されたのだ。

新人に仕事を教えられるほどできた先輩じゃない、とは思ったが、頼まれては仕方ない。

それに店長が私に務まる、と判断してくれたのならば信じよう。とりあえず浅村《あさむら》くんや読売《よみうり》先輩から教わった内容をそのまんま右から左に。けっして悪い意味ではなくて、そう、これは知識と経験の継承。

よいお手本は真似《まね》をするのがいちばんで、私が思うに、この店でもっともよいお手本は店長からも信頼の厚い読売栞《しおり》さんなのだ。次点が浅村くん。

というわけで、私たちは店の入口付近、本が平積みにされた棚までやってきた。

小園《こぞの》さんがエプロンのポケットから小さなメモ帳とペンを取り出す。

おお、用意がいい。

そういえば浅村くんも何か覚えなきゃいけないことがあると、すぐにスマホをメモ代わりにしてたっけ。

そこで気づく。さっき事務所に入ったとき、彼女がエプロンにしまっていたのは、このメモ帳なのだと。もしかしたら昨日教わったことの復習をしてたのかも。尋ねると、小園さんははにかんだ。

「やっぱり見られちゃってましたか。恥ずかしいなぁ」

努力は人に知られたくないタイプなのかな。優雅に泳いでいる白鳥が水面下でバタ足をしているように。見せたい自分と見せたくない自分がいる、という感覚はわからないでもない。

「ええと、棚の配置とか聞いてる？　昨日、あなたに教えてくれた人から、どこまで教えてもらった？」

「浅村先輩ですね！　なんかすっごく賢そうな先輩さん！」

「え？　あ、そうそう。その浅村さんから」

浅村くんの形容詞の一番目に『賢い』が来るのか。『優しい』とかはないのかな。

まあ、間違ってはいないからいいんだけど。

「ええと、どこに何があるかっていうのと、どんな理屈で置かれているかっていうのは聞きました。あと、どうせん、とか」

「ああ、動線ね。じゃあ、軽くは聞いてるんだね。繰り返しになっちゃうかもしれないけど、わかってるところは確認だと思って聞いてくれればいいから」

初めに全体をぼんやりと教えておいて、詳細は追々。彼のやり方だし、元々は読売先輩のやり方だ。

ということはもうちょっと細かいことを話してもだいじょうぶかな？

「で、この、入ってすぐにある目につきやすい平台は、新刊コーナーね。なんとなく知っている本が多いでしょ」

「はい。本屋にくるお客さんが最初に目に入る場所だから、そういうたくさん売れる本が置いてあるんだって言ってました」

言いながら、小園さんがうなずいている。

「そう。要するに売れ行き良好書の棚ね。ここには実は2種類の本が並べられているの。右が注目の新刊で、左が話題作」

指を1本ずつ立ててピースサインを作った。

「新刊は文字通り注目されている新しく出版された本のことで――ここにはその中でも評判のいい作者の本がセレクトされてるの。新刊ぜんぶを置くのは無理だし」

メモにペンを走らせ、ふむふむと頷《うなず》くのを見てから話をつづける。

「話題作は業界や読者の間で評判のいい本。今はSNSから人気に火が付くなんてこともあるからね。ビジネス書とか自己啓発書のたぐいだと定期的に流行《はや》ったり。つまり、新刊とは限らない。新刊は最近出版された本。話題作は最近人気がある本」

「ほほう。ふむふむです」

小園《こぞの》さんは呟《つぶや》きながら手元のメモに書きこんでいく。真面目な子だ。彼女のペンが止まるのを見計らって、平台の一角にある白い表紙の本を指し示した。どうやら彼女も見たことがあったらしい。

「あっ、これ、電車の吊《つ》り広告で毎朝見てるやつです！」

人付き合いに関して書かれたその本は、帯に『シリーズ累計100万部突破！』と謳《うた》っていた。私も何度かレジを通したことがある。

「こういったものは話題の本。でも、必ずしも新刊とは限らない」

「そうなんですか。新しく見えますけど」

それはそう。印刷したのは最近だからね。

「本の発売日は『奥付』っていうところを見るの」

私はその本を手に取ってからいちばん後ろのページを開いた。

「ここが奥付。ここを見て。『初版発行』っていうところの日付。これがこの本が最初に出たときの日付なのね」

「わ、10年前！　えっ、この店って、古本屋さんでしたか!?」

「ちがうよ」

思わず苦笑してしまう。

初版の日付の下には重刷された日付も印刷されていて、その日付が、手にしている本の出された日を指している。本というのは評判が良くて品切れになると新しく印刷所で刷り直すわけで、その新しく印刷された本が出る日付が重刷の日付になる。

「へー。じゃあ、この本ってずっと人気があるってことなんですね」

「これはそう。もちろん、ずっと売れなかった本が、いきなり注目されて話題作になったりもする」

「えっ、どうしてそんなことが？」

「例えばいま、とある歴史上の人物の自伝が再評価されてるの知ってる？」

私はその人物の名前を口にする。

「それ、どこかで聞いたような……」

新しいお札の肖像に選ばれた人物だった。

「そういう場合は、新刊じゃなくても売れる。話題になってるから」

「言われてみればですっ。古いものがそうやって売れることもあるんですね！」

無邪気な感想にちょっとだけ頭を抱えたい気分になる。

確かに次々と新しいものが生まれる現代では、古いものはタイムラインという奔流に流されてしまうけれど。だからといって昔のものに価値がないなんてことはない。

私が歴史好きだからというのもあるが、古くても良いものは良いって思う。思うんだけどな。これが最新の子の感性ってやつなのだろうか。

……って、いやいや。私だって小園《こぞの》さんと二つしか変わらないんだし、小園さん以外の高校1年もそう思っているかは分からないよね。

思考が逸《そ》れてしまった。

「つまりここは来たお客さんが興味を持っているだろう本を置いているの。書店に入ってもらうためのきっかけを提供しているわけ」

「きっかけ……あ、『動線』の入り口だから？」

「そう、だね」

「浅村《あさむら》先輩から聞いたとおりです！『動線』の概念を知っていれば棚のことはそのうち分かるようになってくるからー、って。ちょっと、難しかったですけど」

小園さんがメモ帳をかかげて得意気に言う。

覚えが早いなぁと思った。

それとやはり浅村くんの教え方が上手《うま》かったんだろう。私は何事も細かいことに突っ込みすぎる気がしている。

でも、書店という小売店がどういう考えでお客さんを集めようとしているのかを知っておくのは、長い目でみればプラスになるはず。うん、無駄ではないはず。はず。

それにしても教えた内容が浅村くんと被《かぶ》ってしまうのは避けたいところだ。違う人から同じ内容を教わるなんて、せっかくの研修時間がもったいない。互いのためにも店のためにも避けた方がいいだろう。

「小園さん」

「絵里奈《えりな》でいいですよ。えりーでもいいです。えりえりとかでも！」

「ええと、えり……小園さん――」

自分のなかでまだ親しくなれていない人物をいきなり名前呼びすることのハードルが私の中ではけっこう高かったらしくてふつうに苗字《みようじ》呼びになってしまう。

「――昨日どんなことを教わったか訊《き》いてもいい？」

「ええとですね」

そんなやりとりをしていた私たちの側《そば》を、男性が迂回《うかい》して店から出ていこうとした。

レジ袋を片手に持っている、ってお客さんだ。いけない、入り口で固まりすぎてしまった。よりによってお客さんに気を遣わせてしまうとは。

私は身を引いてお辞儀をした。

「ありがとうございました」

男性が会釈と共に去っていき、小園《こぞの》さんは後追いで頭を下げる。

「ありがとうございましたー」

親しみやすい声色だった。聞き取りやすいし、含まれた愛想も充分。感情の籠っていない私の挨拶よりは接客に向いているかもしれない。しかもとても自然だ。

ちらりと見る。小園さんはきちんと笑みを浮かべていた。私はといえば、柔らかい表情を心がけてはいるけれど、微笑《ほほえ》んだりはできていない。なにか信条を掲げているわけではなく、たんに愛想笑いが苦手なのだ。口角をあげる練習は何度かしたのだけど、どうしても自然な笑みにはならなかった。

自然に親しみのもてる笑みを浮かべられるのは彼女の根っからの性格なのだろうか。

それとも、親しまれたいという意識の表れなのだろうか。

あ、と声をあげそうになった。

そうか。小園さんの距離感が近いのも、周りの人と親しく交流しようという彼女なりのスタンスの表れなのかも。私は驚いてしまったけれど、そもそも接客に向いている根っからの性格なのかもしれない。

「えっと、沙季《さき》先輩？　どうかしましたか」

いけない。考え込んでしまった。

「なんでもない、です。それで、そう、浅村《あさむら》さんから教わった内容を教えてくれるかな。同じ話をしても効率がわるいから」

「わかりました！　えーと……」

小園さんはメモ帳をめくりながら答えてくれた。

そのあとの研修は滞りなく進んだ。

客足が落ち着いたころ、私と小園さんは揃《そろ》って昼休憩に入った。

歳《とし》の近い同士でどうぞ、と社員さんが気を回してくれたのだ。断る理由もなかったので二人して事務所で食べることに。

手を合わせてから弁当箱を開ける。今日は作ってくれた浅村くんにも心の中で感謝。

蓋を取ると白、茶色、そして黄色が見えた。ごはん、ウインナー、それからサイコロ状の……ジャガイモかな。

次いでタッパーに手を伸ばす。サラダだ。こちらは緑、白、オレンジ、赤と彩りがいい。千切られたレタスに薄切りのタマネギ、千切りにしたニンジン、それからミニトマト。私が昨日作ったものと同じだ。レシピをシェアしてるから当然と言えば当然だ。こんなところで家族である実感を得るなんてね。

浅村くんとお揃いの魚のランチャームからサラダに回しかける。お揃いって言ったって使い捨ての既製品だけどね。

プチトマトを口の中で弾《はじ》けさせたら生野菜でのウォーミングアップはおしまい。いよいよメインだ。

お弁当箱の中にはころころとしたウインナーとジャガイモが仲良くおしくらまんじゅうしていた。

端っこの、ちょっと丸いおイモから齧《かじ》る。美味《お》しい。コンソメ味だ。顆粒《かりゅう》のやつが便利だって教えたのを覚えててくれたのかな。

期待しないでくれ、なんて言ってたけど美味しくできてるよ。ウインナーも、ぱくっと一口で。冷めても美味しい。お肉系は冷えると脂が固まっちゃってイマイチになっちゃうこともあるけど、ウインナーだと不思議と気にならない。

気付いたんだけれど、ウインナーにもジャガイモにも焼き色はついていない。となるとやはり電子レンジかな。

調べて、自分にできることをしてくれたんだろう。がんばってくれたんだなぁ。

「あの」

声をかけられて我に返る。向かいに座る小園《こぞの》さんが身を乗り出していた。

「そのお弁当って、手作りですか？」

彼女の輝いた視線は私の手元に注がれていた。

「えーと……」

ここで正直にあなたも知っている昨日出会った浅村《あさむら》くんが作ってくれた、とは言えない。

根掘り葉掘り聞かれるのも面倒《めんどう》だし。

じゃあ恋人に作ってもらった、というのは？　いやいや待って。その台詞《せりふ》だと同じ家の中に相手が住んでいるとわかってしまう。つまり恋人と同棲《どうせい》してることに。いや同棲してるけど、でも兄妹《きょうだい》の同居は同棲って言わないし。言わないよね？

「家族に作ってもらったの」

嘘《うそ》ではないけれど真実でもない。まあ、こんなところか。

言い訳として良いと思ったのだけれど、そう告げた途端に小園さんが狐《きつね》に化かされたかのような表情――いやほんと、この例えがぴったりくることあるんだなぁ――になった。

「あれれれ？」

「なに？」

「むーむーむー。やっぱりあたしの感覚がヘンなのかな」

首を傾《かし》げて唸《うな》りだした。どういうことだろう。

「私、なにか変なことを言った？」

「んとですね。昨日もあたし、先輩と一緒にお弁当だったんですよね。そのとき浅村先輩が持ってたお弁当も手作りっぽかったから同じように尋ねたんですよー。そしたら、『家族に作ってもらった』って答えが返ってきて」

正直、冷や汗が出た。

昨日のお弁当は私が作った。浅村くんだって答えに困るよね。そして困った浅村くんは私と同じ返しをしたということか。

「へ……へえ、そうなの」

「あたしならきっとママ……じゃなくて！　お母さんとかお父さんとか、作ってくれた人を具体的に言っちゃう気がするんですよねぇ」

でしょうね。私も言いそうになったもの。

「あ、ちなみにこれお母さん作です」

小園《こぞの》さんはお弁当を傾けて見せてくる。私のよりも小さなお弁当箱に彩り豊かにおかずが盛り付けられていた。キャラクターものの爪楊枝《つまようじ》が使われているのが可愛《かわい》らしい。

「だから浅村《あさむら》先輩と沙季《さき》先輩、ふたりとも『家族が』って言い方をするのが不思議に思えて。……あたしのほうがおかしいのかなぁ」

「あ、ははは」

私はそこで気づいてしまった。ちらりと自分のお弁当に視線を走らせる。

タッパーのサラダ。私のを参考にしたからだろう、野菜の構成が同じだ。それだけじゃない。よくあるものだとはいえ、タッパーも同じ型だし。ランチバッグも色違いなだけで同じだった。

そうっと私はランチバッグを机の上から椅子の上に下ろした。

「うん。『家族が』っていう言い方も普通だと思う」

「普通かなぁ？　あ、でもでも、ちょっと大人っぽくていいなぁ、なんて思います」

「それはちょっとよく分からないかも」

「ええっ、そんなぁ」

梯子《はしご》を外されたぁ、と彼女が笑う。その笑顔も先ほどのお客さんへのものと同じで自然に見える。

「家族と言えばー、沙季《さき》さんって兄弟はいるんですか？」

「えっと……」

改めて説明しようと思うとすごく困る。

それに小園《こぞの》さんが、私のそんな答えにどういう反応をするのかわからない。わからないから避けたい。

どう返そうかと悩んでいると、小園さんが斜め上を見つめて呟《つぶや》く。

「待って、当てますね。お姉さんだとは思うんだけどなー、沙季先輩、すっごくしっかり者っぽくてかっこいいし。んー、でも、あえての妹とか……どうです？　上にお兄さんかお姉さんがいる！　それで毎日『おにいちゃぁん』って甘えてるの！　そういうのって、ギャップ萌《も》えって言うんですよね。だからあえての！」

なんのあえてだ、なんの。

「どうって……言われても」

「あれ？　もしかしてひとりっ子でした？」

「そんなこと……知りたい？」

「いえ特に」

なんだと？

「知りたいのは情報じゃなくて沙季先輩なので」

むむ。

「あたし、かっこいい人とか背筋が伸びてて凛《りん》としてる人って、無条件でいいなって思っちゃうんですよねー。自分がこんななので」

こんな、と言いながら、手のひらで自分の頭を押さえた。

小さいから、っていうことだろうか。

「かわいいと思うけど」

「わー！　ありがとうございます！　でも、やっぱりかっこいいのとか凛としてるのって憧れますよー」

にっこにこの笑顔で言ってから、小園さんはお弁当に戻った。どうやら満足したらしい。

私は内心でなんだかよくわからない汗をいっぱいかいていた。

これは……この子はいったいどういう子なの。

初めはちょっとだけ真綾《まあや》みたいだなと思った。距離が近くて親しげで。けど、違う。

真綾はああ見えて距離感を測るのが上手《うま》い。

人なつこいのは確かだけれど、すこし話しただけで他人との距離感を上手に計ってくる。

たとえば去年の球技大会のときだ。

真綾《まあや》は球技大会の練習をさぼっていた私に特に何も言わなかった。お節介焼きではあるけれど、相手をちゃんと見る。誘ってほしいと思ってる人なのか、放っておいてほしいと思っているのかを見極めるのが上手。

それに対して、小園《こぞの》さんは距離感を詰めるのがとにかく早い。

仲良くなれなきゃ死んじゃうって勢いで詰めてくる。相手のことを見ていない気がする。

悪気はたぶんない。

それはわかる。私は、離婚した後の自分やお母さんに向けられた悪意というものの持つ粘り気を覚えているから。それとは違う気がするのだ。

きっと彼女は仲良くしようと思って話題を広げたのだろう。それを強引に折りたたむ形になってしまった。もうしわけない、けど――。

「あの……ご迷惑でした？」

はっとなって顔をあげる。

キャラクター爪楊枝《つまようじ》を咥《くわ》えた小園さんがちょっと申し訳なさそうな顔をしている。

「ご家族のこと。聞いちゃだめでしたか」

この子、微妙に察しもいいのだ。

「そういうわけじゃないんだけど……ね。あんまりそういう話って得意じゃなくて。ほら、私のことなんて聞いてもおもしろくないだろうなーって」

「んー……はい。わかりました。じゃ、やめときますね！」

「ん。ごめん」

「いえいえー」

それからはふたりともほとんど無言でお弁当を食べ終えて、互いが自分のスマホを眺めながら昼休みは終わった。会話が弾まなかったけれど、内心で距離を詰められなくてよかったと感じている自分もいる。

私は英語のリスニング動画を閉じて、身支度を整え、小園さんに声をかける。

「そろそろ仕事に戻ろうか」

「わかりました、綾瀬さん」

呼ばれ方にふと違和感を覚えたものの、なにがどうおかしいと思ったのかを突き止める前に慌ただしい午後の業務が始まってしまった。

退勤のタイムカードを押して今日のバイトを終える。

雨が降り出していたのは、お店に来るお客さんがみんな雨傘を持っていたからわかっていた。お店の入り口に傘袋スタンドをセットしたのは私だし。

建物から出ると、途端に横殴りの風と雨にさらされてしまう。

慌てて傘を広げ——そのまま風に傘を持っていかれそうになって慌てた。これはまずい。いちど建物の内へと避難した。

空を見上げながらどうしたものかと考える。

もってきている傘は折り畳みの小さなものだけで、これだけの雨風を凌《しの》げる気がしない。降水確率90%。雷の恐れありを舐《な》めていた。ごめんなさい。通りを行き交う人々も傘を風に飛ばされないよう根元からしっかり持って歩いている。

それでも時折りゴウと強く鳴って吹く風に煽《あお》られて傘が中ほどからひっくり返ってしまっている人がいた。

「これは……どのみち濡《ぬ》れるよね……」

大きめの傘を持ってきていてもきっと同じだった。それどころか、さほど体重のない私では傘に引きずられてしまったかもだ——とポジティブに考えよう。

雨は止《や》みそうになかった。

私は肩から下げたスポーツバッグをしっかり体に引きつけた。傘を根元から持つ。覚悟を決めて雨の通りに出る。傘どころか体ごと風に持っていかれそうになりながら、かろうじて前に進み始める。

傘を叩《たた》く雨の音がうるさくて、いつもなら音でいっぱいの渋谷《しぶや》の大通りに出ても、流行《はや》りの音楽のひとつも耳に入ってこない。

街のざわめきを雨が封じ込んでしまっていた。

雲の上ですこしだけ雷の音が聞こえだしていた。まだ大きな雷鳴とまではいかないが、それでもちょっと不安になってきて、私は自然と早足になる。

目の前に見慣れたマンションが見えてくる。

ああ、もうすこしで我が家だ。エントランスの入り口、張り出した屋根の下に入って傘を畳み、ようやく私はほっと安堵《あんど》の息をついた。

「はぁ……」

多少なりとも傘で守れたのは頭と上半身だけ。靴の中にまで雨がしみ込んでいて歩く度にぐずぐずと靴の中で音がして気持ち悪いったらない。

畳んだ傘を丸めて持つとエレベーターで昇る。

やっとの思いで玄関の扉を開けて「ただいま」と、か細い声をあげた。

そのまま廊下にバッグを置いて、靴を脱ぎ、靴下を脱いで裸足《はだし》になる。すこしでも早く着替えたかった。

扉の向こうに人の気配がして私ははっとなる。上から下まで濡れていて、服がぴったりと体に張り付いてしまっていた。こういう情けない姿は浅村《あさむら》くんには見られたくないなととっさに思ってしまった。どうしよう、と思っていたら、浅村くんは扉を開けずに、雨についてて尋ねた後、風呂が沸いているよとだけ言ったのだ。

そして伝えることは伝えたとばかりに扉の向こうへと去っていった。

「ありがとう」

辛うじて出した声は小さかったので扉の向こうまで届いたかどうかわからない。

自分の髪から廊下に雫《しずく》を垂らさないよう気を使うけれど、どうせ濡れた足の跡も後で拭かなくちゃいけないんだよなあとも思う。靴も早く乾くよう、新聞紙なり乾いた布なりを突っ込んでおかなくちゃいけないし。

後始末の面倒《めんどう》さを考えると辟易《へきえき》してしまう。

でも、お風呂がもう沸いている！　母とふたりきりで暮していたときは学校から帰る頃には母はもう仕事に出ていたから、ありえなかったことだ。

ちょうど求めていたことだったので、先回りしてくれたことが嬉《うれ》しい。

落ち込んでいた気分が上向いたのを感じつつ私はお風呂場へと向かった。


「はぁ……」

安堵《あんど》の息が漏れる。

冷え切っていた体がお湯の中でほどけて、皮膚から沁《し》みとおってきた熱が内側まで温めてくれた。

目を瞑《つぶ》ってぼうっとしていると雨の音がかすかにお風呂場まで聞こえてくる。

降りが激しくなってきたような。雷も鳴ってたし。お願いだから入浴中に停電なんてしないでほしい。

ひと息はついたものの、雷が気になってしまい体を洗うのも温まるのも普段よりも短めに済ませた。

お風呂から出ると、すでに夕食の用意ができあがっていた。ダイニングに続く扉を開けただけで、いい香りが鼻先まで漂ってくる。

温まると思ってカレーにしたという浅村《あさむら》くんの配慮が嬉しい。

ふと窓の外を見た。あれ？　先ほどよりはすこし雨も弱まっている。もしかして、いちばん激しく降っていたときに帰ってきちゃったのかな。それはなんか悔しいんだけど。

窓の外は暗くなっていて、ほんとの天気はよくわからない。

お母さんたちだいじょうぶかな。

口にした直後、私のスマホに着信がきた。ＬＩＮＥのポップアップ通知だけでお母さんからだとわかって確認すると、渋滞を起こして車が動かないと言っている。

浅村くんもスマホで調べてくれたけれど、嵐の上に事故渋滞が重なったっぽい。

でも、帰りが明日になるって――。

明日って月曜日だけど、大丈夫なのかな？　それはまあお母さんの仕事は夜からだから問題ないけど。心配したら、太一《たいち》お義父《とう》さんは用心深く月曜日に有休を入れてあると浅村くんが教えてくれた。じゃあ、ゆっくりでも安心だね。

待って。ということは今夜も浅村くんとふたりっきりってこと？

まあ、だからといって何か変わるわけじゃないけど？

そう、ふつうにお風呂に入って、勉強して、寝るだけです。ああ、そういえばもう私はお風呂はいただいてしまったんだっけ。

だから浅村くんと確認しあって順番を譲り合うという儀式は今夜はいらない。そう伝えたら、浅村くんってば何かぼうっとしてた。

「だから、お風呂は私、先にいただいちゃったから」

浅村《あさむら》くんは──。

じゃなくて。

「悠太《ゆうた》兄さんは好きな時間に入っていいよって」

あぶなかった。そういえば、ずぶ濡《ぬ》れで帰ってきた私は、玄関をくぐるときにいつものルーティーンをすっかり忘れていたのだった。ええと、だから目の前のこの人は悠太兄さん、悠太兄さん、悠太兄さん。

──それで毎日『おにいちゃぁん』って甘えてるの！　なんで甘えなくちゃいけないんだかわかんないでしょ。なんで、ここで妙なの思い出すかな！　言わないからね。

「そういえば、今日一緒になったよ。小園《こその》さんって子」

「ん？　あ、やっぱり担当になったんだ」

私がいきなり話題を変えたように思ったんだろう（私の中では繋《つな》がっていたんだけど）、浅村くんは戸惑ったような表情を浮かべたあとに、新人バイトの子の話だとわかってくれたようだった。

私は自分もまた小園さんの教育係を任されたことを伝えた。

そうしたら、浅村くんから彼女は呑《の》みこみが早いとポジティブなコメントが返ってきて。

「そう……だね」

私は返答を言《い》い淀《よど》んでしまった。

私が言葉を濁したからだろう、浅村くんはなにかあったのかと心配そうに訊《き》いてきた。

「なにかあったわけじゃなくて。元気で素直だし良い子なんだと思う。けど……ごめん、ちょっとうまく言語化できない」

そう返したら、浅村くんは、「俺の感じた印象だと、奈良坂《ならさか》さんと似てるのかなって思ってたけど」と言った。

だから仲良くなれるんじゃないかってことだろう。

私も最初は似たようなことを感じた。けれど——。

真綾《まあや》はひまわりなのだ。太陽の動きを見て首を振る。いや、私が太陽だとかそんな恥ずかしいことを言いたいのではなくて、相手を見て相手に合わせた対応をとる、という意味だ。だからあんなに多種多様の友人がいる。

自分で言うのもなんだけれど、私みたいに人付き合いが苦手な面倒《めんどう》くさい友人もいれば、陽気で社交的な友人もいる。真面目な人もいれば不真面目な人もいる。

真綾はそういう人たち相手に、相手に合わせた応対ができる子なんだ。

小園さんは——。

浅村くんの言うとおり、小園さんはとても優秀な新人バイトだ。礼儀正しいし、物覚えもいい。そこはいい。間違いなく彼女はバイトとして即戦力。

でも、彼女の軸はたぶん他人じゃない。

事務所でお弁当を食べていたときのことを思い返していた。そう、あのとき『そろそろ仕事に戻ろうか』と促した私に、小園《こぞの》さんは言った。『わかりました、綾瀬《あやせ》さん』と。

それまでは『沙季《さき》先輩』だった。間違いない。

なんで呼び方を変えたんだろう。わからなくて、モヤモヤする。


いつの間にか嵐が激しくなっていた。

食事を済ませた私は自室に籠って受験に向けての勉強をしていた。

ヘッドフォンを着けて音を締め出していたのだけれど、スマホの画面が光ったのが目に入ってしまって集中が切れる。ＬＩＮＥの通知だ。開くと、真綾《まあや》と、佐藤《さとう》さんとの３人のＬＩＮＥグループにメッセージが入っていた。

修学旅行で同じ部屋になったとき、連絡用にと作ったグループ。浅村《あさむら》家の家族グループを除くと私のたったひとつのＬＩＮＥグループだった。大抵は相互に連絡取り合うだけで済んでしまうので、私にはあまりグループを作る必要性がわからない。

まあ、そんなわけで滅多《めった》に着信することのないグループだったんだけど。

【光った！　光ったよ！　やばい、近いよ！】

真綾だ。

【寝な】

とだけ返した。まったく、なんでこんなことでＬＩＮＥしてくるんだ？　と思ったら、すぐに既読がついて返信がきた。

【怖いです。綾瀬さんは怖くないんですね。すごいなぁ】

りょーちんこと、佐藤涼子《りょうこ》さんだった。

「あー」

私はそこでようやく真綾の意図を悟る。なるほど、本当のターゲットはこっちだったか。

佐藤さんが怖がりであると知ってる真綾なりの気遣いだろう。もしかしたら、ひとりで怖がってるかもしれないと思ったにちがいない。直接対話で送信すると、気を使わせた、と感じてしまう佐藤さんだから、グループのほうに投げたのだ。独りでは怖くとも、同じ境遇の仲間がいるとわかれば不安な気持ちは減るものだから。

まあ、ふつうは。

【みなさんのところは大丈夫ですか？】

【部屋に籠って、ヘッドフォンがんがん鳴らしてる！ 光と音、シャットアウト！】

【ですよね……。わたしも音楽聞こうかな】

【そうしなよー。いいよー怖くなくなるよー】

【はい】

そこでいったんメッセージが途切れる。

【ほんとです。ありがとう】

微笑《ほほえ》むネコのスタンプとともに佐藤さんの柔らかいメッセージを読んで私もほっこりと

する。ほんとに真綾《まあや》は気を使うのが上手《うま》い人だ。

「怖くない……わけないんだよなぁ」

そう、私は雷が怖い。それに伴いがちの停電も。さすがの真綾もまさか私まで怖がっているとは気づかなかったみたいだ。

部屋を出てリビングへ。テレビを点《つ》けて天気情報を流しているチャンネルに合わせる。ウェザーニュースと片隅にテロップの入った画面には、女性のアナウンサーがひとりで映っていて、背景には地図に重ねて雷のマークが散らばっていた。

「ニュース見てるの？」

声にどきりと心臓が跳ねる。浅村《あさむら》くんだ。

画面に見入っていて、リビングに入ってきたのも気づかなかった。

天気予報は今は雨量の推移を映していた。

「心配しなくてもだいじょうぶだと思うよ」

軽く会話した後浅村くんが言った。

「お母さんたち？　うん。それは心配してない」

あの人は別に雷とか平気な人だし、今は隣に太一《たいち》お義父《とう》さんが居てくれるわけだから私と居るよりも安心できるし。

ちらりと背後の浅村くんを窺《うかが》う。

どうやらお風呂に入るところだったようだ。リビングに明かりが点いているのを見て、様子を見にきたんだろう。

浅村くんのお風呂の邪魔をするのも気が引けるし、これ以上ニュースを見て心配しても雨雲が消えてくれるわけじゃないし。

「何か飲むなら淹《い》れるけど」

「コーヒーは眠れなくなっちゃうから。それにお風呂に入るところだったんでしょ。私のことは気にしなくていいよ。自分で淹れるから」

ら、の発音とほぼ同時。私が立ち上がったときだった。

閃光《せんこう》。轟音《ごうおん》が体を震わせ、私はたまらず悲鳴をあげた。

明かりが消える。

闇の中に放り出されて私は一瞬でパニックになった。両手で両の耳をふさいでしゃがみこむ。目を開けて見えないよりも、自分で目をふさいで見えなくしたほうがマシだった。それなら見えないのは自分のせいだから。

「綾瀬《あやせ》さん！」

耳許《みみもと》に口をつけるようにして声を張り上げられて私は辛うじて声を聞いた。

肩をやさしく支えられて私は顔をあげて瞼《まぶた》を開く。その瞬間に二回目の閃光が私の目を焼いた。たまらず私は目の前の浅村くんにしがみつく。

やだ！　もういや！

絶対に目を開くものかときつく閉じたまま、掴《つか》んだ服を握りこむ。

ゴロゴロと盛大に鳴る雷の音に私の心臓がぎゅっと縮こまってしまう。いきなり真っ暗になったのも怖かった。浅村《あさむら》くんはたんなる停電だよと言ってくれたけれど、それで恐怖が消えるはずもなかった。

危ないから座っていたほうがいいと言われ、手を引かれて私はおとなしくソファに腰を落とした。

浅村くんも隣に座った。

「ほら、窓の外。ぜんぶ真っ暗だし」

言われておそるおそる目を開ける。

四角く切り取られた窓の向こうに稲妻が走り、その光で辛うじて窓枠の形がわかる。建物の明かりは消えていて、確かに大規模な停電が起きているみたいだ。

私はまだ彼にしがみついていた。胸元に這《は》わせた手は彼のシャツを掴《つか》んで皺《しわ》を寄せている。手を離すなんてとても無理だった。何かにしがみついていないと、そのまま暗闇に取り残されてしまいそうな気がするのだ。

浅村くんは私の背中に腕をまわして軽く手のひらで背を撫《な》でてくれた。

まるで子どもとしてあやされているようで恥ずかしさを感じてもいい状態なのだけれど、背中につけられている浅村くんの手のひらの温《ぬく》もりが心地《ここち》好くて不安で押しつぶされそうな感情が徐々に落ち着いてくるのを感じて、もういいなんて言えない。

「雷、苦手なの？　それとも、停電が？」

「……どっちも」

浅村くんの胸元に体重を預けながら私はささやくように言った。

ごめんなさい。子どもみたいにしがみついちゃって。

謝る私に浅村くんは温かみのある声でささやいてくれる。苦手なものは誰にでもあるのだからと。背中に回された腕にほんのすこしだけ力が込められて、私は心地よさにほうと安堵《あんど》の息を吐いた。

「どこにも行かない。君の傍《そば》に居る」

ゆっくりと、けれど、しっかりと聞こえるように耳許《みみもと》で告げられた言葉に、泣きだした子どもみたいだった頑《かたく》なな気持ちがほどけていく。

「浅村くんも怖いものってあるの？」

いきなり暗闇の中に放り出されたのに、浅村くんはなんでこんなに落ち着いていられるのだろう。怖いものなんてないのかな。

そう思って訊《き》いたのだけれど、意外にも人並みに怖いものがあると返ってくる。

それでも暗闇や幽霊のようなものはべつに怖くないと言うのだから、浅村くんはふつうとはちょっと感性がちがうのではないだろうか。私を落ち着かせる為《ため》にだろう、浅村くんはよくわからない変な理屈を持ち出して話し相手になってくれた。

すこしずつ落ち着いてきてから私は気づいた。

私がパニックになったときに、浅村くんは『綾瀬《あやせ》さん』と叫んだのだ。家の中では名前呼びなんて約束ごとが吹っ飛ぶくらいに慌てていたんだ。けれど、それがよかったのかもしれない。慣れた言い方だったから私の耳に届いたのかも。

エアコンも止まってしまって、聞こえてくる音と言えば雨と風の音。雷の音はゆっくりと遠ざかりつつあったけれど、まだ電気は止まったままだ。

嵐からすこしでも気を逸《そ》らそうと私は小さな頃の思い出話を語り出した。

自分が暗闇が嫌いになった原因を。

闇が怖いなんてまるで小さな子どもみたいで恥ずかしいなと思うし。

そもそも自分が苦手なものや怖いものについてあまり他人に話した記憶がない。

それでも何故《なぜ》か浅村《あさむら》くんには知っておいてほしかったのだ。

浅村くんだから知っておいてほしかった。

とつとつと語ると、浅村くんはひととおり聞き終わったところで、ぽつりと言う。

怖いものを素直に怖いと言えるのはすごいと。

そうだろうか。

「パニックおこしてすがりついちゃったのに？」

自嘲気味の言葉に浅村くんは自分ならそれでも意地を張って怖くないと言うかもと。

強情に「怖くないやい」と言い張る子どもの頃の浅村くんの姿がぽんと脳裏に浮かんで、私は思わず「それはそれでかわいいと思う」などと言ってしまった。

かわいいと言われて浅村くんは困っていたけれど。

「まあ、俺は幸い暗闇も雷も平気だから。そういうときは頼ってくれていいよ」

うん。ありがとう。

さっき、嬉《うれ》しかった。

「言ってくれたでしょう。どこにも行かない。君の傍《そば》に居るって」

そう言ったら、おどけるような調子で「そりゃよかった」なんて言う。照れてる。

浅村くんが自分のスマホをポケットから取り出して、ソファの前のローテーブルに置いた。慣れた手つきで操作すると、ローファイ・ヒップホップがスマホから流れ出した。

かすれたような音が耳の奥で木霊する。

雨と風の音を頭の中から追い出してくれる。

【わたしも音楽聞こうかな】

【そうしなよー。いいよー怖くなくなるよー】

先ほどの佐藤《さとう》さんと真綾《まあや》の会話を思い出していた。

うん。ほんとだね。佐藤さん、それと真綾。怖くなくなってきたよ。

「停電だってことは忘れよう。雨の音と音楽を聴きながら過ごす優雅でお洒落《しゃれ》な時間だって思ったらお得じゃない？」

浅村くんのちょっと気障《きざ》な言い方に自然と口許《くちもと》がほころぶ。

詩人・浅村悠太《ゆうた》の名言に私は声をあげて笑いそうになり、彼の胸に顔を埋《うず》めることで、必死に笑いを押し殺した。だめ、面白すぎる。

しがみついていた彼の胸と抱きしめてくれた腕の温かさにぼうっとなってくる。

くすんだ音楽だけが鳴っていた。

こうして目を閉じていると、ここがマンションの自宅で、今が嵐による停電の真っ最中であることを忘れてしまえそう。

閉じた瞼《まぶた》の向こうに雨の中で咲きほこる紫陽花《あじさい》の庭園が見える気がする。

とくんとくんと鳴る浅村《あさむら》くんの心臓のリズムに自分の心音もゆっくりと重なった。

握りしめていたシャツから手をほどいて私はソファの上の浅村くんの手に重ねる。指を絡めるようにしながら顔をあげ、声にならない声でつぶやく。

「ねぇ」

ぱっと天井の明かりが点《とも》った。

エアコンの唸《うな》る音が聞こえて、気づけば窓の外の建物にも次々と明かりが点っていった。

停電が終わったのだ。夢から覚めたかのように。

LINEにお母さんからの着信が入った。

雨が止《や》んだからできるだけ急いで帰るとあった。

できるだけ、がどれほど早くなのかわからないけれど、もしもうすぐ近くまで辿《たど》り着けていたのなら、そんなに間を置かずに帰ってこれるのかも。

「残念。優雅でお洒落《しゃれ》な時間が終わっちゃったね」

暗闇の怖さが消えたわけじゃない。だからひとりだったらとても優雅でもお洒落でもなかっただろう。でも、ずっと付き合ってくれた浅村くんの気持ちが、とても嬉《うれ》しくてそう言わずにはいられなかったよ。

「またいつか、だね」

浅村くんが言った。

またいつか。こんなふうにふたりで。

そう、だね。雷の中では嫌だけど。暗闇の中でも嫌だけど。せめてハロウィンのときのように明かりはほしいけど。

でも——いつか。ねぇ、の続きを言える日が。

「うん。じゃ、おやすみなさい」

今はまだ言えないから。

「悠太《ゆうた》……兄さん」

確認するような言葉に、浅村くんも律儀に返してくれる。

「おやすみ、沙季《さき》」

そう、私が「沙季」と呼ばれるのに慣れる頃に。綾瀬《あやせ》さん、と呼ばれるほうが違和感を覚える頃になったら、また。

私と浅村悠太の両親不在の2日間はこうして終わったのだった。

●6月14日（月曜日） 浅村悠太《あさむらゆうた》

リビングに満ちているのは白い光だ。

雨上がりの早朝は明るい。顔を出して間もない太陽の光が透かし模様のカーテン越しに差し込んでいる。

それともこれは俺の気持ちが上向いているからこその感覚なのだろうか。

心が天気の影響を受けるのならば逆もしかり。心持ち次第で世界の色は変わって見える。って、頭の中だけでとはいえ言葉にするとポエミー過ぎて照れるな、これ。

それでも昨夜《ゆうべ》の、身を寄せ合って過ごした時間のおかげで綾瀬沙季《あやせさき》という人物についてより深く触れられた気がするのだ。

朝食を囲んでいてふと目が合う度に、彼女の柔らかくなる表情が俺の胸の内側をじんわり温かくしてくれるのだった。

食事を終えて身支度をしていると、親父《おやじ》と亜季子《あきこ》さんが寝室から出てきた。

今朝早く、俺たちが寝ている間に帰ってきていたらしい。

「おはよう。それと、ただいま。ふたりとも。なにごともなかったかい？」

「おかえり。いつも通りだったよ」

何もなかった――とまで言うのは嘘《うそ》になるか。

「停電があったくらいかな」

「えっ。ほんとかい？　だいじょうぶだったの？」

「はい。ちょっとの間だけです。特に何もありませんでしたし、すぐに復旧しました」

綾瀬さんの言葉に、親父の隣で亜季子さんが微笑《ほほえ》む。

「ほら太一《たいち》さん。だから言ったじゃないですか」

親父は苦笑を浮かべると、眼鏡のリムに指を当ててクイッと動かした。

「いいかい、亜季子さん。なんと言われても心配なものは心配なんだよ。理性で止められるものではないんだ。無論、僕もだいじょうぶだとは思っていたけれどね」

親父が誇らしげな顔をしたものだから、俺はつづく笑いの衝動を堪《こら》えるためにだいぶ腹筋を酷使する羽目に陥った。

「はいはい」

芝居がかった親父を亜季子さんが軽く受け流す。

綾瀬さんがくすりと肩を揺らし、俺も耐えかねてついに吹きだしてしまった。

「ほらほら。あなたたち、さっさと行かないと遅刻してしまうわよ」

亜季子さんに促されて俺たちは行ってきますと家を飛び出した。

雨上がりの道を学校へと向かって歩く。

昨夜の雷雨が嘘のように空は青い。地面に残った水たまりさえも快晴の色を映して眩《まばゆ》く輝いていた。

隣には綾瀬《あやせ》さんがいて、同じ歩調を刻んでいる。

おもしろいな、と思う。

俺の歩きは、本来よりもペースを落としている。つまり、単位時間あたりの移動効率を考えればパフォーマンスが落ちている。効率優先なら雨も上がったのだし自転車に乗るべきだろう。けれど、俺は今の歩みを快く感じているわけで。

これもまた心持ちの差によるものだ。

ただの通学ではなく、相手と共にいる時間を大事にしたいという俺の。外ではより近い距離で居たいという気持ち。それを実行するために、昨日から始めたこと。

時間差をつけて外出するのをやめよう、と。梅雨どきだし。俺も自転車通学はしばらく封印することに決めた。

交差点の赤信号の前で立ち止まった。

そういえば、ここだっけ。1年前の記憶が蘇ってくる。

信号無視してきた大型車に気づかなかった綾瀬さんの腕を俺は間一髪で掴《つか》むことができた。もしもあのとき反応できなかったらと思うと、背筋が冷たくなる。

俺の心配はちゃんと伝わったようで、綾瀬さんがうなずく。

「うん。気をつける」

信号が青になる。しっかりと左右を確認して何事もなく交差点を渡りきった。

ほっと息をついてから空を見上げる。

雲ひとつもなくて良い天気だ。

「この天気なら明日の大会は問題なさそうだ。予報だと明日も快晴だし」

俺の言葉に隣の綾瀬さんも頷《うなず》いた。

校庭はまだ濡《ぬ》れてるだろうから、外でやる競技の人は練習できないだろうけれど。

俺たち体育館競技組は、その無念も背負って、しっかり最終調整を行うのみである。

校門を抜ける。下駄箱《げたばこ》で靴を履き替える。廊下を歩く。3階までの階段を登る。

その間ずっと俺と綾瀬さんは一緒に居た。

校舎の最上階まで辿《たど》りついてからも、ふたり並んで教室まで歩く。同じクラスなのだからここまで来て離れるのはかえって不自然というものだ。俺と綾瀬さんは近すぎず遠すぎずの距離を保ちつづけた。手を繋《つな》いだりはせず、肩を並べてふつうに歩くってことだけど。

前側の扉を開けて俺たちは教室へと入った。

軽く目を合わせて頷きを交わしてから、それぞれの席へと進む。

鞄《かばん》を置いて椅子へと座ったところで何故《なぜ》かおそるおそるといった感じで吉田《よしだ》が近づいてきた。空いていた俺の前の席に横座りに腰を落とすと顔を寄せてささやいてくる。

「あらあらまあ。隅に置けませんわね、浅村《あさむら》さん」

いつもなら「浅村」と呼び捨てているところを「浅村さん」ときたものだから、背筋がぞわっとした。

「ええと……どうしたの、急に」

吉田《よしだ》が目を弓なりに細める。

「いやな、俺の見間違いじゃなきゃ、浅村《あさむら》、綾瀬《あやせ》と一緒に来てなかったか？」

さすがに、言われるか。

こう絡まれるから、今まで一緒に登校してこなかったわけで。

やはり高校生の男女がそれなりに近い距離で登校すると、何かしらの期待を寄せられてしまうものらしい。

「クラスメイトなんだから普通に話すくらいするだろ」

「いつの間にって話なんだけど。浅村と綾瀬って接点あったっけ？」

まあ、そこは疑問になる。

進級からもう2か月も経《た》つわけで、これまで目も合わせなかった相手といきなり親しげに一緒に登校してきたら何かしら言われもする。人間関係が変わるにはイベントが必要なのだ。小説ならば、登場人物の人間関係が何のエピソードもなく変化することなどありえない。

しかし、現実ではドラマほどの劇的なイベントは必要ない。そう、たとえば——。

「今日はたまたま話しながら登校しただけだけど？」

嘘《うそ》ではない。

ただ、「同じ家から」という部分を省いただけだ。

「たまたま、ねえ。浅村って初対面の人間とにこにこ話せたりするタイプだっけ？」

「初対面、というわけでもないかな。去年、綾瀬さんのクラスの人たちと一緒に遊びに行ったことがある」

これもまあ、嘘ではない。

「遊びってどこに？　まさか伝説の——男女でカラオケか。お母さんは許しませんよ！」

俺も吉田に産んでもらった覚えはない。

「夏の市民プール」

「夢の国じゃねえかこの野郎」

「ただの公共の施設だと思う」

「なるほどなぁ。で、仲良くなったと」

「見ての通りくらいには」

どこまで仲良くなったかはあえて濁した。

吉田が耳許《みみもと》に顔を寄せてくる。

「俺は応援するぜ、浅村」

「応援って何を？」

「で、いつ告白するんだ？」

「告白って……」

どうして男女の関係をすぐに恋愛に結びつけようとするのか……いや実際、恋愛関係なんだけど。もう告白してるけど。

「吉田《よしだ》も牧原《まきはら》さんと仲良いし、仲の良い異性くらい居るでしょ」

「だからこそ、好きなのかと思ったんだが」

「え……。仲が良いなとは思ってたけど、吉田、牧原さんが好きだったの？」

「ば！　お、おまえ、浅村《あさむら》！　声がでかい」

吉田は左右を見てきょろきょろしたけれど、決して俺は声を張り上げたわけではない。

常識的に小声でお伺いをたてている。

他人にしてほしくないことは自分もしない。人間関係においては対称性を保つのが公正というものだろう。

そこで予鈴が鳴った。

吉田は去り際に耳打ちしてきた。

「あとで、相談があるから」

そう言い残して自分の席に戻っていった。

相談とはなんだろう。自分は誰かに相談されるようなタイプではないと思っていたし、流れからいうともっとも苦手な恋愛相談系に思えるのだが……。

首を捻《ひね》る。吉田の相談事とやらに関しては午後の体育の授業になるまでわからなかった。

味方のシュートしたボールがリングをくるりと回ってから弾《はじ》かれる。

体育の授業時間だ。チームを2つに分けてのミニゲームで、球技大会へ向けて最後の練習だった。

ゴール下にいた俺は、落ちてくるボールをキャッチした。背中には敵が張りついていてリングのほうへ簡単には振り向けそうにない。さて。このまま強引に振り返ってシュートするべきか、それとも——。

「浅村！」

味方に名前を呼ばれた。スリーポイントラインまで下がったクラスメイトが俺に向かって手を上げている。吉田だ。

踏みこんだ床がキュッと音を立てて鳴り、俺が放ったボールは吉田の胸元へ。

そして彼から放たれたボールはゆるやかなアーチを描いてリングに吸いこまれた。

おお、と敵からも味方からも声があがる。

「ナイスパス！　浅村！」

礼を言われ、俺のほうは「ナイスシュート」と返しておいた。

自分のシュートが決まったわけではないのに嬉《うれ》しくなる。

なるほど、これがチームスポーツか。

手の甲で額に滲《にじ》んだ汗をぬぐって軽く息を吐く。

思い出すのは予備校の日の藤波《ふじなみ》さんとの会話だ。俺はチームプレイに徹するしかない。

それでも上手《うま》く立ち回れたときは充実感があるもんだ。気楽ではないけれど、挑戦してみてよかったなと思う。

ホイッスルが鳴り、休憩時間になった。

体育館の壁に背中を預けて息を整えていると、「浅村《あさむら》」と名を呼ばれた。顔をあげる。

吉田《よしだ》がやけに真剣な目をして近づいてくる。

「ちょっといいか？」

「うん」

「告白したい」

「俺にも心の準備ってものがあるんだけど」

「そう、だよな。いきなりこんな話……って違うわ！　おまえにじゃねえ！」

吉田はきちんとノリツッコミをしてくれる男だった。

「わかってる。牧原《まきはら》さんにってことだよね」

頷《うなず》かれた。

「で、告白したいってことと、俺に頼むってことが、どう繋《つな》がるの？」

「明日は球技大会だろ？」

「そうだね」

「いいところを見せたいから、なるべく俺にパスを回してほしいんだ。頼む！」

吉田が顔の前で手を合わせた。

「パスを回すのは構わないんだけど、いいところを見せるのと告白することに関係が？」

「相手の好感度が上がったときに告白したほうが成功確率があがる」

「告白が成功するのは、それまで積み重ねた実績があってこそで、その場のノリは関係ないんじゃないかな」

普段よりも良いところを見せてOKが出た場合は、普段に戻ったときに好感度が下がった状態で付き合うことにならないだろうか。

と、俺が素直に考えを口にしたら、吉田は眉間に指を当てて揉《も》む仕草をした。

「浅村、おまえ、いちいち毎日そんなことすぐに考えちまいながら生活してんのかよ……。たしかに。たしかにおまえの言葉は一理ある。百理だってあるかもしれねえ。だがおまえは男子高校生の純情がわかってねえ！」

「吉田のこれまでの実績は嘘《うそ》をつかないってことだよ。仲は良いんでしょ？」

「う……ま、まあな」

食堂に食事に誘って、席を並べて食べていたくらいだ。それこそ彼らは全校生徒の前で堂々と一緒に居たわけで。もちろん「相手はあくまで仲の良い友人だと考えてる」という可能性もあるわけだが……そこは考えてもしかたないか。

「わかった。なるべく吉田にパスするよ」

俺は自分が活躍するかどうかに拘《こだわ》りはない。そもそも特別なスキルなんてないわけだし。できることはチームプレイだ。そして先ほど見せたように吉田のシュート成功率は高い。

吉田の表情が明るくなる。

「ありがとよ、浅村《あさむら》。よおし、明日はやってやるぜ！」

まっすぐな邪念がまぶしくて俺は目を逸《そ》らす。

体育館の反対側でクラスメイトと話している綾瀬《あやせ》さんの姿が目に入った。


「頑張ってたみたいだね」

夕餉《ゆうげ》の食卓に並んだアジの開きを箸でほぐしていたら綾瀬さんがぽんと言った。

脈絡もなく発せられた言葉だったけれど、なんとなく想像がつく。

「体育の時間？」

「そう。バスケで球技大会出るのって初めてなんでしょ、だいじょうぶ？」

「なんとか足を引っ張らずには済んでるかな。最初の頃よりまわりが見えるようになってきたかも」

やってるうちにチームメイトの性格がわかってくるのが面白かった。教室では軽いノリで通しているやつが堅実なプレイを好んでいたり、寡黙なやつが派手な立ち回りを得意としていたり。

チームメイトたちの性格がわかってくると、自分が次にどう動けば最適なのかを考えられるようになってくる。するとどんどん楽しくなっていく。

「俺自身がスーパープレイをできるかと訊《き》かれたら無理だけどね」

「そっか。でも、みんな悠太《ゆうた》兄さんのこと、バスケ上手だねって言ってたけど」

「いやいやそんな」

「ドリブルもできるし」

「ゆっくりだけどね」

「パスばかり出してるねっとは言われてたけど」

「俺より、吉田《よしだ》のほうがシュート上手《うま》いからね」

「そう？」

なんで綾瀬さんが首を傾《かし》げてるんだ？

「それより、そっちも頑張ってたでしょ。なんか熱心に打ち合わせてたみたいだし」

「えっ」

「たまたま休憩してたら目に入ったんだ。チームでなんか話してたでしょ。授業の終わりの頃だったかな。ほんと、たまたま見えただけだけど」

「あー……。うんまあ。ちょっとね」

なんだか歯切れの悪い答えだなと思いつつ、それ以上は球技大会の話題が出ることもなく、夕食の時間は過ぎていった。

ちなみに両親が帰ってきた日の夕食なのにふたりきりだった理由は、亜季子《あきこ》さんはいつもどおりに仕事に出ていたからなのと、親父《おやじ》は疲れ切って爆睡していたからだ。

嵐の深夜、大渋滞に巻き込まれて明け方に帰ってきたのだ。無理もない。

再婚1周年記念旅行お疲れさま。

夕食が終わって風呂に浸《つ》かっているとき、吉田《よしだ》の言葉を思い出した。

意中の女性に良いところを見せて告白したい、だっけ？　リスクの高い方法に思えてならないと俺は返したわけだが。では、どういうタイミングで告白するのがベストなのかと問われると、俺には思いつけない。

「こういうのはあいつのほうが得意なんだよなぁ」

眼鏡をかけた親友の顔が浮かぶ。丸《まる》だったら吉田に対してどう応対していただろう。

とにかく約束してしまったのだから、明日はあいつにせっせとパスを出してやろうとは思う。そのほうが勝つ確率は高くなるだろうし。チームの仲間が俺に期待しているのも、そういうチームプレイだろう。

そこまで考えて俺は湯船から天井を見上げた。

冷たい水滴がぽつりと落ちてきて鼻先に当たる。

夕食のときの、首を傾《かし》げていた綾瀬《あやせ》さんの顔を思い出した。

最善のプレイを選択していたつもりだったが、外から見ると必ずしもそうではなかったということだろうか。

しかしそれはバスケ部の部員にでも聞いてみないとわからないことだろうし。

「そう言われてもな……」

できることをやるだけだと思いつつも、湯船の中で俺は考えこんでしまっていた。

●6月14日（月曜日）　綾瀬沙季《さき》

夜の嵐が嘘《うそ》だったかのように朝の食卓は穏やかだった。

いつものように朝日がリビングを満たしていて、いつものようにご飯は美味《おい》しい。今日のお味噌汁《みそしる》はインスタントだったけど、それでもね。

朝食の間、浅村《あさむら》くんと何度か目が合った。昨日を思い出して頬《ほお》が緩む。雷に怯《おび》える私を抱きしめてくれたのだ。おかげで昨日はぐっすり眠れた。嵐の夜に安心して寝つけたのなんていつぶりだろう。

制服に身を包み、髪をセットしなおし、と支度をこなしていると、お母さんたちが起きてきた。明け方に帰ってきたらしく、二人ともまだ眠そうだ。

停電があったことを知ると、太一《たいち》お義父《とう》さんは心配してくれたけど、何事もなかったです、大丈夫。

家を出る直前、お母さんに呼び止められて、浅村くんには先に出ててと伝えた。

「沙季、だいじょうぶだった？」

え？　平気だったけど？　停電しただけで家電に異常は無かったし。

「でもほら、沙季は雷が苦手だったでしょう」

ああ。そっちか。そっか、お母さんは知ってるもんね。

「だいじょうぶだったよ。悠太《ゆうた》兄さんが居てくれたから」

「ふたりともリビングに居たときに停電になったから。落ち着くまでなだめてくれたの」
抱き合っていたとは言わないでおく。
「そっか、悠太《ゆうた》くんが？」
「悠太くん優しいなあ」
お母さんが嬉《うれ》しそうに言った。今度こそ行ってらっしゃいと送りだされて、私は浅村《あさむら》くんの背を追いかけた。

並んで歩くのはまだ慣れない。浅村くんが自転車ではなく徒歩で通学するようになった理由は訊《き》いていないけれど、外での距離感を変えようとしているのは伝わってくる。私も慣れないとね。

雨上がりの街の匂いとか、球技大会に向けて練習してるとか、とりとめもないことを話しながら歩いた。赤信号で止まると、浅村くんが遠い目つきで交差点を眺める。なにかあったんだろうか……って、ああ。

1年ほど前に私が轢《ひ》かれそうになって、浅村くんに助けてもらった場所だ。今から考えると、合理的なことをしていたようで焦っていたようにも思う。お母さんが再婚して義理の兄ができて、生活が変わって、必要な心持ちも変わって。

結果的に何事もなかったからいいけれど、また心配させてはいけないなと反省。浅村くんを不安にさせたくもないし。

それからも私たちは一緒に歩いた。

校門を通り抜けて校舎へと向かう坂も、校舎に入ってからの廊下も、階段も並んで。ただ隣に居るだけなのに、それでもこの距離を保ちたいと思う。

教室の扉を抜け、私と浅村くんは目で「またね」と挨拶してから各々の席へと向かう。鞄《かばん》を置いて一限の準備をしていると、ぬっと近づいてくる気配。顔をあげると委員長だった。今日もアンダーリムの眼鏡が似合っている。

「おっはよう、綾瀬《あやせ》さん！」

やけに明るい挨拶だ。普段から朗らかな彼女だけれど、いつにも増して喜色満面といった様子。

「あ、あの……」

委員長の後ろからぴょこりと現れた、りょーちんこと、佐藤涼子《さとうりょうこ》さん。眉を八の字にさせてなにか言いたげだ。委員長は私の隣の席だから不思議はないけれど、佐藤さんまで揃《そろ》って何か用だろうか。

「おはよう、委員長。佐藤さん」

やっぱり二人ともいつもと態度が違う。どうしたんだろうか。そう考えていると、委員長が私の肩をぽんぽんと叩《たた》いた。

「ちょっとちょっと綾瀬さんったら、隅に置けないってやつ？」

「へ？」

委員長が好奇心に満ちた瞳を向けてくる。佐藤《さとう》さんはちょっと心配そうかな。

「トボケちゃってえ。見てたよ今の。もしかして浅村《あさむら》くんと……そういう感じ？」

どきりと心臓が跳ねた。

これ、恋愛関係かと問われているんだよね。さすがに私でもわかる。

でも待って。たまたま一緒に教室に入ってきただけで付き合っていると勘繰られるのであれば、並んで歩くふたりはみんな恋仲ってことにならない？　まあ、私に関してはたまたまではないし全くもってその通りなんだけど、ええ。

「そういうって、どういう感じに見えるの？」

問いに問いで返すと、委員長は「ふうむ」と顎に手を当てた。

え、なに、その反応。

「りょーちん、この子ってば気づいてないようだよ」

こくこくと佐藤さんが脇で頷《うなず》いている。

「え？」

「即答しないで問いに問いで返すこともそうだけれど、そもそもこういう問いをされることが嫌でしょ、綾瀬《あやせ》さんは。でも、いま嫌そうじゃなかったじゃん？」

委員長の言葉を聞いて私は私に驚いてしまった。

そこで委員長はすこし声を抑えて言う。

「というか、そもそもこういう話に付き合ってくれるのがさ」

目を弓なりに細めて嬉《うれ》しそうだ。隣でやっぱり佐藤さんがこくこくと頷いている。

「でも……いいんですか、綾瀬さん」

「え？」

「あの……浅村さんと話さないようにしてたんじゃ……」

え？　ああ、そうか。佐藤さんと私と真綾《まあや》は修学旅行ずっと同じ部屋だった。パラワンビーチでの浅村くんとの待ち合わせのときも気を利かせて真綾がふたりきりにしてくれたとき一緒に居たんだっけ。

「別に……仲は良いから」

「おっ！　てことは？　どこまで進んだの？」

どこまで!?　って、ええと、恋愛的な意味で訊《き》かれてるんだよね。そんなこと言えるわけないし。そこまでのことは何も。

く、暗闇の中で抱き合ったことが二度ほどあったけど。キスも、ハロウィンのときと、吊《つ》り橋の上と、あ、あと浅村悠太《ゆうた》不足になったときに彼の部屋に押しかけて何度かしたけれど……。最近だと外に出るときは一緒だし。

あれ？　意外と多い？

「そ……想像に任せる」

あえて冗談っぽく、余裕ですよという顔をしようとした。

「ほほう。想像を許してくれると」

委員長が、ぬぬんという悩ましげな唸《うな》り声をあげたあと、人差し指をピンと立てた。

「妄想の結果！　ふたりはお付き合い半年ってところと見た！　双方の親への挨拶はすでに終わっていて、お泊りデートとかしちゃったりしてぇ、ふたりは大学進学を機に結婚する約束を交わしあって――」

「わわっ、委員長、その妄想、ストップです！」

昼の前に人差し指を立てて、しーっしーっと佐藤《さとう》さんが妄想列車を止めてくれた。絶妙に思い当たる節が多いことを言うもんだから内心焦っていたので助かる。親への挨拶は初対面で済ませてるし、浅村《あさむら》くんの実家に帰省したときは一緒にデー、散歩もしたし。

結婚の約束は、いやいやそれは一般的に言っても付き合って半年の高校生がすることではないのではなかろうか。高校生だぞ。

「まあでもさ」

委員長がアンダーリムの眼鏡の奥の瞳を細める。口許《くちもと》に笑みを浮かべた。

「こーゆー話を綾瀬《あやせ》さんとできて嬉《うれ》しいなあ」

ずるい。そんなふうに言われちゃ嫌がることもできないじゃないか。

でも、陰で言われるよりずっといいなとも思った。

「もう委員長ってば。こういうのは、綾瀬さん本人が話してくれるまでは待った方がいいんですよ」

佐藤さんが援護をしてくれる。

うんうん、その通り。

「えー、でもー」

「待ったぶんだけ、ふふ、聞かせてくれるときが楽しみじゃないですか」

違う！　援護じゃない！　これは待ち伏せて仕留める狩人《かりゅうど》のやり方だ！

委員長が頬《ほお》を膨らませて不満そうに言う。

「でもさぁ、もしそれで恋バナをせずに一生が終わったらどうするのさぁ」

「それはそれで残念会で語り合いましょう」

聞き流していたら、話題が明後日《あさって》のほうに広がっていた。

「なるほど。いいねぇ。縁側で猫を抱っこして渋茶をすすりながら、いやあこの歳《とし》までお互い独り身で居るとは思わなかったねぇ。ひゃっはっはって語り合おうか」

「いいですね、それ。楽しそうです。ね、綾瀬《あやせ》さん！」

待って。なんでその残念会に私が参加する前提で話してるの、あなたたち。


午後の体育の授業は、球技大会の練習だった。

休憩時間、目の前で体育座りをしていた委員長が体育用にしつらえた眼鏡のブリッジをくいっと持ち上げて、同じチームの私と佐藤《さとう》さんに語り掛けてきた。

「ときにおふたりさんや。わたしは、球技大会ウォッチャーとして、みなの活躍する姿を拝めるのが楽しいわけなんだけど」

「へえ。……へえ？」

この子は急に何を言いだすんだ。話題もいきなりだし、活躍する姿？

「なぁにその気の抜けた炭酸みたいな返事は！　必死にボールを追いかけるスポーツ少年少女たち、光り輝く青春の汗。100割増しでカッコよく見えるでしょ！」

スポーツをする姿がカッコよく見える、かあ。男女問わずでクラスメイトみんなの活躍を、というあたりが委員長だね。

でも、100割も増されたら、それ、もう別人じゃないかな。

「いつもとちがうカレカノジョの姿にドキドキ」

「ちがうかなぁ。練習を見てればわかる気もするけどね……」

試合は練習の延長線上にあるのだから。要するに普段の不断の努力が人を輝かせるのであって、球技大会本番だけウォッチしてドキドキしてもなぁ。そこに至るまでしっかり練習していることとの結果でしかない。

そう思いながらちらりと男子のほうを見る。

浅村《あさむら》くんの頑張っている姿が目の端に映る。バスケはそこまで得意じゃないって言っていたっけ。足を引っ張りたくないとも言っていたけれど、こうして見ていると限られた練習時間でもそれなりに上手《うま》くなっているように見える。

「ほう、綾瀬さんは試合当日だけではなく、練習からウォッチしたいと。マニアですなあ」

「そ、そんなこと言ってな――」

は。落ち着いて沙季《さき》。これは巧妙な罠《わな》。頑張って。

「そう、かもね」

言ってから、ふっと私は微笑《ほほえ》んだ。

「おや、余裕の笑みだ」

よし、これで浅村悠太《あさむらゆうた》ストーカーとは認定されないだろう。と、この話はこれで終わったと思っていたら、佐藤《さとう》さんが前の話題にのんびりとリアクションを返してきた。

「でも、きっかけにはなると思うんですよね。ああ、この人には見えている一面以外にも別の側面があったんだなっていう。わたし、修学旅行で一緒に行動するまで綾瀬《あやせ》さんってもっと怖い人だって思ってましたから」

佐藤さんが言って、私は虚を突かれた。

委員長まで同意するとばかりに頷《うなず》いた。

「うん。わかる。わたしも隣の席になるまで、こんなオモロイ子だとは思わなかった」

オモ……ロイ？

「だから、意外な一面を見ることで、その人への思い込みが崩れて相手を見直すこともあると思うんです。球技大会でカッコよく見えたから、というのもアリかと」

「まあ、結果を見て、普段の努力を想像して、という話ならわからないでもないけれど」

私はこほんと咳払《せきばら》いし、渋々に聞こえるよう会話に参加した。

「きっかけで見直しかあ。だとしたら、あのなかだとさ——」

委員長が男子のほうを指さしながら言う。

「児玉《こだま》かな。ちょこまか煩《うるさ》いだけって印象だったけど意外と上手《うま》い。ありゃバスケ経験者だね。彼は明日は活躍しそうだ。あとまあスポーツならなんでもって感じの吉田《よしだ》」

「さっきからシュート決めてますよね」

「さては見てたな」

委員長にからかわれて佐藤さんが頰《ほお》を赤くした。

「目に入っちゃっただけですよ」

「もったいないのは浅村くんか」

名前が出てきて、どきっと心臓が高鳴る。

「もったいない……？」

「器用そうだし、気が利く性格だなと思って。実際、味方の動きをよく見てるから、いいところにパスを通すんだけどさ。自分で打てばいいところまでパスしてる。縁の下の力持ちって感じ。でも、もうちょいやれる気がするね」

「謙虚なんですね」

「臆病なのかもね。まあ、綾瀬さんとしては、活躍して目立ってほしくはないのかもしれんけど。委員長としてはクラスの勝利の為《ため》にはもうちょい活躍してほしいね」

活躍、かぁ。

教師がホイッスルを鳴らした。休憩時間が終わる。

「頑張ってたみたいだね」

夕食の席で委員長の話を思い出してバスケの話題を出してみた。

クラスの子が褒めてたと伝えるも、浅村《あさむら》くんは謙遜するばかり。確かに部活でやってる人の技量には達《たっ》しないかもしれないけどさ、でも傍《はた》から見ればもっとできそうだと言ってたのに。本人としては腑《ふ》に落ちないんだろうか。私は首を傾《かし》げてしまう。

もうすこし話をつづけたかったけれど、浅村くんのほうが話題を変えたがっているみたいだった。

「それより、そっちも頑張ってたでしょ。なんか熱心に打ち合わせてたみたいだし」

言われて、私は首を捻《ひね》る。

今日の体育の時間のことだよね？　私たち、何か打ち合わせしてたっけ？

と思ったら、どうやら委員長たちと話していたのを見られていたらしい。まさか男子の練習を見ていて、明日は誰が活躍するかの品定めをしていたなんて言えない。まったくもって浮かれた方向に話題を広げていたのに、真面目に球技大会に取り組んでいると捉えられていたとは。

「あー……。うんまあ。ちょっとね」

気まずくって、恥ずかしくって歯切れの悪い返しをしてしまった。

だって、まさか浅村くんの活躍する姿を妄想してましたなんて言えないでしょう？

●6月15日（火曜日）　浅村悠太《ゆうた》

進学校といえども行事の日は気分が上がる。

中でもテンションの高かったのが吉田《よしだ》だった。

「勝つぞー！」

ひとりで周りを煽《あお》っている。純粋なる邪念による気合がほんとに眩《まぶ》しい。彼だけひとり梅雨が明けている感じだ。

その一方、教室の片隅では運動苦手な数名が、死んだ魚の目をして校庭を見つめている。

「はいはい。そこ、そんなおちこまなーい」

委員長が眼鏡を持ち上げながら声を掛けた。両手をぽんぽんと叩《たた》きながらにこにこ笑顔で告げる。

「できること以上のことはできないんだし、楽しんでこー！　そうそう、みんな今日は昼メシ時にいちどは教室に寄ってねー」

委員長の言葉にみなが「なんで？」という顔になる。

「我がクラスの臨時家庭科部による差し入れが用意されます。家庭科室を借りる許可もらったからね。大量におにぎり作って待ってるよー」

おお、と教室内に衝撃が走った。

まわりの歓声をよそに椅子に座ったまま俺は首を捻った。

「イインチョーの発案だよ。僕も入れて5人でみんなのお弁当を作ることになったんだ」

声に振り返れば小柄な顔が目に入る。

我がクラスのバスケチーム随一のドリブル上手の児玉《こだま》だった。

「――ん？　児玉、それ、もしかしておにぎりの具か？」

「あたり。へえ、浅村《あさむら》君って料理するんだ？」

「え、あ、いや……」

だって、タッパーの中に入ってるのってどう見ても梅干にシャケに昆布におかか……。

それでおにぎりを連想しない奴《やつ》なんていないんじゃないかな。

「まあ、それくらいはわかるか」

児玉は鞄《かばん》から出して確認していた具材をランチバッグに戻してから立ち上がった。

「じゃ、僕はこれを家庭科室の冷蔵庫に入れてきてから合流するね。今日はよろしく！」

「こっちこそ」

よろしくは俺のほうこそだ。なにしろ俺たちバスケ組の主戦力はスポーツなら何でもこいと言い張る吉田《よしだ》と、小さいながらもバスケ上手な児玉なのだ。

話を聞いてみれば彼は中学時代にバスケットをやっていたらしかった。つまり経験者だ。背が伸びなかったのでやめてしまったというが、現役部員を除けばクラスでいちばん上手なのはこいつだろう。

児玉は委員長たちと合流すると教室を出ていった。女子が3名、男子が2名。なるほど、あれが臨時家庭科部か。

教室から出るとき、児玉がもういちどだけ振り返って手を振った。

教室内に残っていたクラスメイトたちが「美味《お》しいのを頼むぞ」と声をあげる。

委員長が「まかしんしゃい」と妙ななまりの入った答えで笑わせながら消えていった。

「うまい飯の為《ため》には勝たないとな！　よし、行くぞ、浅村」

気合の入りまくった吉田に煽《あお》られつつ俺も着替えをするために教室を出た。

水星《すいせい》高校の球技大会は中間と期末テストの間に行われる。

時期的には梅雨に入っててもおかしくないから、天候不順で延期されたり中止になったりもするのだけれど、今年は幸いにもまだ梅雨入りしておらず晴天となった。

全校行事で、1年から3年までのすべてのクラスが参加するトーナメント形式の大会となっている。

開会式の行われたグランド中央でいちど解散すると、生徒たちはそれぞれの競技を行うために試合場へと散っていく。

俺と吉田はバスケだ。体育館への移動となった。

校庭を横切り、かまぼこ型の建物へと向かう途中で声を掛けられる。

「おう、吉田、浅村」

丸《まる》だ。

吉田《よしだ》は知っていたようだが、丸もバスケだという話で（俺は初耳だった）並んで体育館へ。奇《く》しくも修学旅行で同部屋だった3人が集まった。

丸が懐かしげに目を細める。話すのも久しぶりだった。最近はロクに通話もできていない。クラスが同じでなくなったから疎遠に――ではなく。3年になってから丸が忙しくなったからだ。

児玉《こだま》が丸に問いかける。

「どう？　勝てそう？」

球技大会の話ではない。

丸が忙しく――疲れ果てて、夜に通話もできないほどの理由。もうすぐ――7月に入れば夏の甲子園大会・地区予選が始まる。

「まあ、今さら焦ってもどうにもならんよ」

達観したような丸の台詞《せりふ》に吉田が唇を尖《とが》らせる。

「えー。今年のうちの野球部けっこう強いって話じゃん。目指してんだろ、甲子園」

吉田の台詞に俺は驚いた。

甲子園……って、全国高校球児の夢の舞台の、あの甲子園？

「へえ。うちの学校ってそんなに強かったんだ」

「おーい、浅村《あさむら》、親友のチームだろ」

「いやだって」

弱くはないと知っているが、本気で甲子園なんて言葉が出てくるほど強いとは今の今まで知らなかった。丸はいちどだってそんなこと言ったことがない。

「行けたら、奇跡だろうな」

ほら、丸自身もこう言って――って、丸は野球部の正捕手にしてキャプテンなのに。

「そんな弱気でいいの？」

「浅村よ、俺は過信したりはせん。奇跡を希《こいねが》うようでは主将は務まらんぞ。実力を把握し、勝つために手段を尽くすだけだ」

「丸らしいなぁ」

「でもさ。万が一、甲子園出場！　ってなったら、プロになれるかもじゃん？」

吉田がまるで自分のことのように目を輝かせる。

「プロか……」

そういえば確か去年。三者面談の頃だったか。将来の話をしたときに丸自身が言っていたっけ。『野球部に入っているからといって野球を仕事にできるわけじゃない』と。

「まあ、甲子園に出場できればスカウトの目に留まる可能性もより高くなるだろう。出場できれば、な。無論、やるからには勝つ為《ため》に全力を尽くすが」

「難しいの？」

「客観的に言えばそうだ。名門とされる学校のように全国の中学から将来を有望視される選手たちが集まってるわけでもないし、山のように資金をつぎ込んだ豪華な設備があるわけでもないんだぞ」

「……そっか」

「前にも言ったが、たやすくプロになれるとは思っていない。だがな、この最後の大会で自分がどこまでやれるのか全力を出し尽くして、その結果、もしもスカウトの目に留まったりしたら――」

淡々と語る丸《まる》に、吉田《よしだ》が、先が長くて大変そうだなぁとため息をついた。

「――簡単ではないさ。それに、吉田よ、俺は思うんだが」

「おう」

「おまえは、プロのスポーツ選手に必須のものとはなんだと思う？」

「わからん」

「浅村《あさむら》は？」

「えーと……技術？」

プロだと言い張るためには一定以上の技術は必要だろう、たぶん。

「まあ、それも大事だな。だがな、俺は思うんだが、プロに求められるのは『金を出しても見たいと思う活躍』だ。しかも、その選手ならでは、でなくちゃいかん」

「その選手ならではの活躍……って？」

「プロ野球ってのは興行だからな。つまり『プレイを見せる』ことで対価を得ているわけだ。『魅せる』って言ってもいい。チームを勝たせるだけではダメだと俺は思っていてな。結局はプロってのは個人事業主だ」

「なる……ほど」

「それも技術じゃねーの？」

吉田が言った。

「かもしれん。わからん。ま、安く聞こえる言葉で言えば、見た観客を感動させるプレイってやつをできるかってことだが……俺はあまりそういうことを考えたことがなくてな」

そのときだけ丸は俺たちが歩いている先にある体育館ではなく、すこし遠くを見つめているような視線になった。

「自分のプレイが他人から見てどう見えるのか、実感がないのだ」

「それはまあ……自分を外から見ることはできないからなぁ」

そう返したら、丸はかすかに口角をあげた。

「もっともだ。いちどでも実感できればいいんだがな。まあ、プロからのスカウトなんて起こるかどうかわからん奇跡に期待なんぞしても始まらんし、魅せるプレイなんていう、どうすればいいのかさらにわからんことを考えても意味がない」

丸は……自分に厳しいんだな。

「だから現実的な選択肢と思ってるわけじゃない。が、チャンスはある。全力を注いだから見える何かがあると思って突っ走るのも、後から振り返れば人生を豊かにすると俺は思っている」

聞いていた吉田《よしだ》が苦笑のような笑みを浮かべた。

「それ、絶対、野球部員の言葉じゃねーぞ。RPGに出てくる旅の賢者の台詞《せりふ》とかだろ」

「ばれたか」

にやりと笑いながら丸《まる》が言った。

「チャンスが来たときに掴《つか》めるかどうかってことだ。準備ができていない奴《やつ》には掴むことはできん。確率の低い、とても現実的とは言えないようなチャンスかもしれんが、俺はそのときのために普段から練習している――とも言えるかもな」

「レギュラーもキャプテンも掴んできてるんだから、丸は充分凄《すご》いと思うよ」

「おだてても何も出んし、手加減もせんぞ」

手加減？　と、俺と吉田が同時に首を傾《かし》げ、丸は呆《あき》れたように左右に首を振った。

「なんだ、おまえたち対戦表を見てないのか。この大会、1試合勝てば俺たちのチームとおまえたちの試合だぞ」

げ、と俺と吉田はそろって呻《うめ》いた。

「水星《すいせい》高校一の軍師と当たんのかよ……」

「はっはっは。吉田よ、おだてても何も出んと言っただろう。安心しろよ、俺もバスケは素人だ」

言いながら体育館の扉をくぐって手を振って自分のクラスへと歩いていった。

吉田が呻くように言う。

「俺さぁ、浅村《あさむら》」

「うん？」

「体育の時間のときに隣のクラスの奴に聞いたんだよね。あいつ、3年のぜんぶのクラスのバスケチームに誰がいて何部なのか調べてるって」

「まじか……」

球技大会くらいは手を抜いてくれても良かったのだが。そういう性格じゃないか……。


体育館に入ると磨かれた床を駆け回る足音と叩《たた》きつけるボールの音に包まれる。片面を利用してバレーボールの試合が、もう片面を利用してバスケットボールの試合が行われるスケジュールだった。もう始まっている。

高校での球技大会は3回目だけれど、体育館競技に参加するのは初めてだった。

「けっこうみんな観《み》にくるんだね」

試合を待つ人数より明らかにギャラリーの数が多い。キャットウォークにまで上がって上から観ている生徒たちも大勢いた。

「毎年、こんなもんだぞ」

吉田が言った。

「へえ。俺はずっとテニスだったからなぁ」

複数面あるテニスコートの周りに集まる観客の数がこんなに多かったかどうか覚えていない。昨年まではそういうことを気にしていなかったせいもあるだろうが。

「ま、エアコンあるし」

「ああ、なるほど」

この季節になると外はもうかなりの暑さになる。体育館も大きいから、さすがに快適とまではならない。が、日差しの下にいるよりはマシだった。バスケットコート脇の集合地点に行くときに、バレーボール組の綾瀬《あやせ》さんとすれちがった。視線を交わし、軽く頷《うなず》く程度に挨拶する。綾瀬さんと目と目で挨拶をするときに、吉田《よしだ》がちらりとこちらに視線を向けたが、俺は気づかなかったフリをした。

予定時間より10分ほど遅れて俺たちの1試合目が始まった。相手は2年生のチームだが、俺たちより平均身長が高いような気がする。強そうだ。

ジャンプボールを相手チームがタップに成功し、守りから試合が進む。

パスを回され、ドリブルからシュートを決められてしまった。

「ドンマイ！　まず、1本、入れてこー！」

吉田が声を張り上げる。彼はチームのムードメーカーでもあった。

「浅村《あさむら》！」

声とともにボールがくる。渡された俺は、3ポイントラインまで下がっていた吉田へと回した。

吉田はそこから強引にシュートを放つ。これが決まって、俺たちは逆転に成功する。

わっと周囲から歓声があがった。吉田がガッツポーズを決める。

「浅村君、ナイスパス」

チームメイトの児玉《こだま》が、ディフェンスに戻っていくすれちがいざまに声を掛けてきた。ゴールだけでなく直前のプレイにまで気を配って褒めてくれるところが経験者っぽい。

褒めてもらって嬉《うれ》しいが、あれは吉田が凄《すご》いんだと思う。

ファウルによるスローインからの再開のとき、ライン際まで下がった俺は、ギャラリーとなって見守っている生徒たちの中に牧原《まきはら》さんが居ることに気づいた。隣にいる友人と見に来たようだ。

たぶん、試合時間を伝えておいたのだろう。さっきの吉田の3ポイントシュートは見ることができたんだろうか。

その後の展開は一進一退になった。

俺はできるかぎり吉田にパスを回すようにした。牧原さんにかっこいいところを見せたいという吉田の意を汲《く》んで——だけではない。勝つ為《ため》には、シュートの成功率の高い奴《やつ》に打たせるのが確実だったからだ。

俺たちのクラスのバスケ組は交代要員を含めて7人。児玉と吉田を除き、残りのみんなは俺も含めてあまり変わらない実力だった。疲れた奴から交代していくのだが、それでも第1ピリオドが終わったときには全員が息を切らせていた。

スコアは1点差で負けている。

「後半はもうちょっとみんなも積極的にシュート打っていこう」

そう言いだしたのが吉田《よしだ》だったので驚く。

「浅村《あさむら》もな。遠慮しねえで打ってこうぜ」

「あー……うん」

とはいえ、シュートの成功率がいちばん高いのはやはり吉田だった。

俺にできることと言えば、パスが回ってきたときに、できるだけ良い位置にいる仲間にパスを通すことくらいで、結局は吉田に最後を託すことになる。

時間ぎりぎりで吉田がシュートを決めて、俺たちは辛うじて初戦を勝ち抜けた。

試合の終わりを告げるホイッスルが鳴る。吉田が牧原《まきはら》さんに意気揚々と駆け寄っていく。

その向こうに見慣れた広い背中が遠ざかっていくのを見つけた。丸《まる》だ。

あいつ、俺たちの試合を観《み》に来てたのか……。

どうやら次は、最後まで妥協せず対戦相手の観察を怠らない手強《てごわ》い相手と戦うことになりそうだった。

動きが硬いな、というのが感じたこと。

次の試合まで1時間あるということで、バスケ組は体育館の反対側で女子のバレーボールの応援にと借りだされた。綾瀬《あやせ》さんや委員長、佐藤《さとう》さんがいるチームだ。こんなに間近で綾瀬さんがバレーボールしているのを見るのは初めてなのだけど。

動きが硬い。さっきからミスが多かった。いくら初めてだとはいえ、レシーブもトスも覚束《おぼつか》ないほど苦手だとは言ってなかったような気がする。

しかも、慌てるからか、ますますミスが多くなっていて、相手から狙われ始めていた。

決勝戦以外はバレーは1セットマッチだ。躓《つまず》くとそのままずるずると負けかねない。

黙って見ていたのだけど、レシーブに失敗して床に転がったとき思わず「綾瀬さん！」と声が出ていた。

瞬間、目が合う。

ふいっと視線を逸《そ》らしたかと思うと、ぱん、と両手で綾瀬さんは自分の頬《ほお》を叩《たた》いた。

いきなりの行為に同じチームの佐藤さんがぎょっとした顔になる。

相手チームがサーブを失敗してくれて、3点差だった点差が2点に詰まった。

サーブ権を得た我が組のバレーチームは前衛に居た綾瀬さんが降りてきてサーブを打つ番だった。お手本のようなきれいなフォームのフローターサーブから繰り出された白いボールが相手陣地の後方へと落ちる。

選手と選手の間に落ちてさらに1点が加えられ、点差は1点になった。

ボールが返ってくる。

綾瀬さんはボールを床に打ち付けながらエンドラインまで下がる。声援を飛ばしていた応援組もサーブを打つその時だけは集中を妨げまいと黙った。

深く息を吐くと、顔をあげて相手チームを睨《にら》む。

がんばれ、綾瀬《あやせ》さん！

ふたたび放ったサーブは今度は拾われてしまう。けれども、相手は3回のボール保持の間にアタックにまで持ち込めず、チャンスボールとなって戻ってきた。リベロをやっていた佐藤《さとう》さんがきれいにボールを拾ってセッターをしているショートカットの……ええと、名前はなんだったっけか。とにかくその子が上げたトスを委員長がきれいにアタックした。うまい。豪快に踏み込んだ脚のバネを生かして高くジャンプして打ったボールはエンドラインぎりぎりに落ちた。同点！　わっと歓声が沸いた。

こうなると追いついたほうのチームに勢いが出る。

綾瀬さんも先ほどまでの不調が嘘《うそ》のように活躍を始めた。

結果、勝利！　綾瀬さんと委員長や佐藤さんが喜んでいるのを見て、俺もよかったとほっこりした気持ちになるのだった。

綾瀬さんが振り返る。俺と視線が合った。

声に出さずに口の形だけで伝えてくる。あ・り・が・と・う、だろうか。

特に何もしていないのだけれど。でも、何かが伝わって、綾瀬さんが落ち着いたのなら、それはよかったと思う。

3回戦（俺たちにとっては2回戦）の試合が始まる時刻が迫っていた。

去年のバスケの授業を俺は思い出していた。

丸《まる》は、授業のバスケで対戦したとき、まったく歯が立たなかった相手である。

もちろん吉田《よしだ》の運動能力なら丸と相対しても引けを取らないので、俺が無理に丸に勝たなくてもチームが勝てる可能性はある。それは児玉《こだま》も同じだ。こちらはそこそこバスケのできる優秀な人材がふたりも居るのだ。

それに対して丸のチームにはどうやらバスケ経験者は居ないらしい。もっとも上手なのは丸のようだった。

最初の数回の攻防でそのあたりまではわかった。

戦力的には上——のはずが俺たちは丸のチームに負けつつあった。

丸は、うちの主戦力である吉田と児玉のふたりを徹底的に封じ込めに掛かったのだ。

小柄な児玉にはもっとも背が高い奴《やつ》を当てた。それもマンツーマンで付けるのではなく、ゴール下に置いて児玉が突っ込んでくるのを待ち受ける役だ。体格が大きくてもフェイントで躱《かわ》せる児玉だが、残念ながら児玉は遠くからのシュートはほとんど決まらない。

そして吉田にはダブルチームで対応させた。さすがに2人に付かれると自由にシュートにまで持ち込めない。

素人集団がそんな布陣を取ればどこかに穴が空きそうなものだが、そもそも丸の狙いはそこにあった。俺も含めてボール扱いもままならない残りの3人では、満足にシュートも入らないわけだ。

パスが来る。俺はボールを抱えたままゴールに向かってドリブルを始める。

そこに大きな体を機敏に動かして丸が付いてくる。回り込んで俺の進路を塞いだ。

眼鏡の奥の小さな瞳がにやりと笑みを形作る。ドリブルしながら周囲に視線を走らせるが、相変わらず吉田にはふたりのマークが付いており、児玉はゴール下の番人を警戒してかなり遠い位置まで下がってしまっていた。残るふたりは――山崎《やまざき》と中野《なかの》。丸がドリブルしているボールに向かって手を伸ばしてくる。

――取られる！

「山崎！」

名前を呼びながら、俺はむりやり体を捻《ひね》って3ポイントラインの奥のほうにいる山崎に向かってパスをしようとした。

けれど、丸がボールに向かって手を伸ばしたのはフェイクだった。

伸ばしてきたように見えた腕は伸びておらず、山崎に向かって投げようとしたボールに襲い掛かってきた。

手から離れるのとほぼ同時に丸の大きな手がボールをかすめる。

俺と丸の手の間で挟まれるように躍った球体はそのまま真上に跳ねた。しまった。

飛び跳ねたボールを掴《つか》もうとジャンプする。

指の先に当たって軌道が変わり、そのまま相手チームのひょろりとした男子のほうへと跳ねていってしまった。そいつは素早くボールを抱え、すぐにパスを出した。

ボールの渡った先は――丸《まる》だ。

いつのまに走っていたのか俺たちのゴールへと突進していった丸は、ドリブルからの、きれいなレイアップシュートを放った。ふわり、と浮いたボールがそのままリングに当たらずにふぁさっとネットを揺らす。

歓声と悲鳴が同時にあがる。

そのまま第1ピリオドは押し切られて、点差は5点にまで広がっていた。


「作戦だ！　作戦がいる」

吉田《よしだ》が言った。

「なんか、思いついてくれ、浅村《あさむら》」

「そんな無茶《むちゃ》な」

「じゃあ、児玉《こだま》！　なんかないか。おまえ、経験者だろ」

「僕の中学、そこまでバスケ強かったわけじゃないんだけど……うーん。そうだなぁ」

車座になってコートの横で休憩中だった。第2ピリオドが始まるまで、あと2分ほど。

児玉が全員の顔を見渡してから口を開いた。

「相手のマークを外せばなんとかなるかも」

「と、いうと？」

俺が尋ねると、児玉は丸が組み立てただろう作戦を推測してくれた。

「このチームだと、浅村君がいちばんパスを受けてると思う。周りをよく見てて、良いところに居てくれるから」

　児玉の言葉に周りのみなが頷《うなず》いた。まあ、それは俺も意識していることではある。俺ができるのはチームプレイだから。

「でも丸君の狙いもそこにあると思う」

「どういうことだ？」

「だって、浅村君はパスばかりでシュートを打たないでしょ？　つまり、相手からすれば浅村君がボールをもっている間は安全なんだ。だからできるだけ浅村君はフリーにさせておくわけ。パスを受けやすいようにね。そして吉田君と僕をマークすれば僕たちのチームは5人のうち、3人までが無力化されてることになる。これじゃ勝てない」

　吉田が問いかける。

「どうすればいい？」

「相手の予想外のことをするのが基本だと思う。浅村君は、できるだけゴールに近い場所に居てほしい。できれば僕をマークしている相手の4番の傍《そば》がいいかな」

「あの背の高い奴《やつ》か。そいつの傍に居るだけでいいのか？」

「できれば、浅村君もたまにでいいからシュートを打ってほしいかな。じゃないと、君のほうにマークが引きつけられてくれないから」

「俺、吉田ほど上手《うま》くないけど」

「浅村君《あさむら》」

児玉《こだま》が真剣な目で俺を見る。

「お、おう」

「入るかどうかは問題じゃないよ。打たないって決めてる奴《やつ》は怖くないんだ。それじゃ誰も君のことを見ない。放っておいていいことになる。丸《まる》君の思惑通りだ」

誰も俺のことを見ない、か。

何故《なぜ》か俺は丸が言っていた言葉を思い出していた。

『自分のプレイが他人から見てどう見えるのか、実感がないのだ』――だったか。

黒子に徹しようとしたわけだから、注目されなくていいのだと思っていたが……。よく考えてみれば、自分が目立たず、それなのに味方を勝たせるプレイ、なんてできたらそれは上級者だよなぁ。

なんかそんな漫画がなかったっけ？

バスケ初心者が陰の実力者を気取ってもたんに埋もれるだけってことか。

ホイッスルが鳴った。審判からコートに集まるよう指示が出る。

第2ピリオドが始まった。

言われた通りに自分たちの攻撃のときは敵のゴール前にできるだけ陣取るようにした。

ひょろりとした4番の選手の傍《そば》をうろちょろする。

さすがに気になるようで、ちらちらと視線を俺のほうに走らせている。

児玉からパスが来た。

振り返ってシュート——のフリをして、もらったボールをそのまま返した。俺のほうを一瞬だけ見てしまった4番は児玉への対応が遅れる。切り込んだ児玉がシュートを決めて俺たちは5点差を3点差に詰めた。

応援にきたクラスメイトたちから歓声があがった。

みんな喜んでいる。「いいぞー！」とか「がんばれー！」とか声援が飛んでくる。

相手のボールから始まる《リスタート》。

さすがにここでディフェンスに行かないと言う選択肢はないので、俺はしっかり戻って守備を固めた。

守備のときは自軍ゴール前に戻り、攻撃のときはできるだけ相手ゴール近くに陣取る。

すこしずつ点差が縮まるようになって、あと1点にまで食らいついた。

その状態でパスカットから速攻になった。苦しいがゴール前に駆け上がる。呼吸が荒くなるなかで児玉からまたパスがくる。

けれど、吉田《よしだ》にはすでにマークがふたりついていた。

他の仲間は——探しているうちに視野の端から丸が迫ってくるのが見えた。ひょろりとした4番はすかさず児玉のマークへスイッチ——パスコースが塞がれてしまう。

丸がふたたびボールをカットしようとしてくる。

──前半にもあったな、こんな場面。

あのときはパスで戻そうとしてはたかれてボールを失ったのだ。そして今回は、頼みの吉田《よしだ》にもマークが付いている。ということは、誰か空いている味方がいるはずだ。

重戦車の如《ごと》く丸《まる》が突進してくる。

パスを──。

ダメだ。探している余裕がない。

突進してくる丸にくるりと背を向け、リングのほうへと向き直る。一歩だけ踏み込んでから俺は床を蹴ってボールを放った。

わ！　と歓声があがる。

リングの奥にあるバックボードに当たって跳ね返り、そのままネットへと吸い込まれそうに見えた。入れ！　念じるが効果なく、くるりとリングの上を半回転すると外へとはじけ出てきてしまう。

リバウンドを拾った敵がパスを繋《つな》いでゴールし、点差がふたたび開いてしまった。

──入っていれば！

追いかけたが間に合わず、悔しさと申し訳なさに唇を噛《か》む。

ぽん、と背中を叩《たた》かれた。

「今の良かったぞ」

顔をあげると、すれちがいざまに吉田が親指を立てた。

「いいぞ」

「どんどん狙ってこー」

児玉《こだま》や笹本《ささもと》たちからも励まされる。

ふたたびシーソーゲームになった。

パスを受け、ボールを味方に繋ぐという最初と変わらない行動に戻った。

——あれ？

けれど、前よりもボールを繋ぎやすくなった感覚があった。俺がボールを受けると、はっとなった敵がゴール前を固めるようになったのだ。何よりも丸が不用意に近づいてこなくなった。反転されてシュート、というプレイを警戒しているのだろう。

さすがに息が切れて、選手交代。

コートのサイドに出たときにクラスメイトたちから口々にさっきのは惜しかったねと言われてしまった。惜しかった、か。

休んでからまたコートへと戻る。

その間に点差が縮まっていて、また1点差にまで詰め寄っていた。

「あさむらー、頼むよー！」

背中から掛けられた声に振り返る。

委員長だった。隣に佐藤《さとう》さんも、そして綾瀬《あやせ》さんも居た。

コートに向き直る。

残り、1分を切っていた。

味方のスローインから始まる。パスを受け、そのまま即座に味方に散らした。作戦は変わらずで俺はその間にゴールの下へと走る。児玉《こだま》がドリブルを仕掛け、3ポイントラインの外あたりから俺にバウンドパスを通した。振り返って、シュート。と見せかけて、俺はそのまま視野の端に映っていた吉田《よしだ》のほうへと体を捻《ひね》る。

俺がシュートすると思ったのだろう、ゴール下へと駆け寄ろうとして吉田のマークが外れた。そこにパスが通った。

3ポイントラインぎりぎりから吉田がシュートを放った。

ボールは山なりのきれいな弧を描いてリングへと落ちていく。決まった、と思った。

ガツッという濁った音を立て、ボールは内側に落ちずに外へと零《こぼ》れてしまう。

外れたのか！

わっと落ちたボールにみんなの手が伸びる。俺もだ。そして偶然にも跳ねたボールが俺のほうへと跳ねてくる。手の中に納まった。

吉田はどこだ。

視線を振ると、丸《まる》と視線が合う。いや、おまえじゃない。その左に吉田が居た。3ポイントラインからゴール下へと走ってくるのが目に入った。今ならパスが通る。だが同時に吉田に向かって丸が突進するのも見えていた。ちらりとこちらを見ている。視線を戻すときに審判役の教師が時計を見ながら笛を咥《くわ》えるのも見えた。時間が。

ない。もういつ笛を吹いてもおかしくない。

吉田に渡せるなら決めてくれるかもしれない。だが、丸は当然それを読んでいるだろうとも思った。だから丸へと向かって突進しているのだ。

どっちだ、どっちのほうが確率が高くなる？

そのときの判断の根拠を聞かれれば、たぶん児玉の言葉が頭の隅に残っていたからだと答えると思う。『相手の予想外のことをするのが基本』っていう。だから俺は抱えたボールを持ち上げるとそのまま腕を斜め前に押し出した。ゴールのほうへと。

手のひらを押し出してボールを放った。

正直に言えば、ほとんどゴールなんて見えてなかった。だから無我夢中で打ったボールがバックボードに当たっただけでも感謝しなくてはいけない。絶対、偶然だったと思う。

さらにそのバックボードで跳ねたボールが、リングの内側に吸い込まれたことなんてもはや奇跡なんじゃなかろうか。

ボールがゴール下へと落ちてきたのと終了のホイッスルが鳴ったのがほぼ同時だった。

「うおおおおお！」

「勝ったああ！」

クラスメイトたちが大はしゃぎしているなか、疲れ果てた俺は体育館の床に座り込んでしまっていた。

大きな影が近寄ってくる。丸だった。

「おまえならパスすると踏んでたんだがな。まんまとやられた」

意外だというふうに言われた。驚いているような笑っているような。

「俺も、自分はパスする人間だと思ってた」

「……なに言ってる？」

「さあね。自分でもよくわからないんだ。でも、つっかれたあ！」

床に大きく大の字になっていたら、教師から怒られた。次の試合が始まるからと。

しぶしぶ起き上がってから整列して互いに礼をする。球技大会は授業の一環だということで、このあたりの礼節には水星《すいせい》高校は厳しいのだった。

応援してくれたクラスメイトたちのほうへと歩いていくと、拍手で迎えられてしまった。吉田《よしだ》がやってきて荒々しく背中を叩《たた》きながら「よくやった」と何度も言われる。

「あんまりパスを回せなくてごめん」

謝ったのだけど、吉田はきょとんとした顔で。

「いいっていいって。勝つほうが大事だろ！」

と言った。

委員長も佐藤《さとう》さんも、そして綾瀬《あやせ》さんも笑顔だ。

激闘を制したものの、結局、俺たちのチームは次の試合で負け、綾瀬さんのバレーボールのチームも準決勝で負けてしまった。クラスとしてはテニスに参加した女子の星野《ほしの》さんが準優勝したことがもっとも好成績だったことになる。

俺の、水星《すいせい》高校3年の球技大会はこうして幕を閉じたのだった。

その日はバイトもなかったから、帰宅してからは夕食と風呂と勉強を済ませて寝るだけだった。

親父《おやじ》は例によって残業で、亜季子《あきこ》さんはもう仕事に出ている。

俺と綾瀬《あやせ》さんは食事を終えてからまったりとお茶を飲んでいた。本日は煎茶ではなく冷蔵庫で冷やしたほうじ茶。冷たさが喉を通るとほっとする。

「今日は疲れたね」

綾瀬さんがほうと息を吐きながら言って、俺も頷《うなず》いた。

「さすがにここ1週間くらいは練習も多かったから疲れた。ここまで熱心に球技大会に参加したのは初めてだよ」

「私もそう」

「これを丸《まる》はずっとやってきてるってことだからなぁ。スポーツに本気で取り組んでいる人ってすごいなと思う」

授業の一環でしかない球技大会に1週間ほど熱心に取り組んだからって何が言えるってもんじゃないけど、それでもこれを何年にも渡って毎日取り組んでいる人の苦労のほんのわずかでも知ることができたってのが収穫かもしれない。

「つまり、綾瀬さんの料理みたいなもんか」

そう言ったら、綾瀬さんが苦笑した。

「毎日やってるだけ」

「それが凄《すご》いと思うんだけど。美味《おい》しいし」

「ありがとう。でも、私の料理は自分と家族のことしか考えてないから……。ええと、ほら、太一《たいち》お義父《とう》さんのお仕事って食品の商品企画だって言ってたでしょう？」

「らしいね」

親父の職業についてはつい最近になって詳しく聞いたばかりだ。あまり仕事のことを家で話すタイプではなかったから、初めて知ることも多かった。

「たとえば、……悠太《ゆうた》兄さんがお料理に塩胡椒《こしょう》だけ振りかけた場合はパサパサして食べにくい、みたいなのって個人の事情でしょ」

まあ、そうだ。現に、綾瀬さんは苦労せず食べてるわけだし。

「そういうのも、私は覚えていて対応できるけど、でも目の前にいない大勢の人たちの好みに合わせられるように作ってるわけじゃないもの」

「うん？」

どういう意味だろう。

「ええと、だから、私は自分が普段つくっている料理がそういう大勢の人たちにどういう印象を持たれるかわからないの。基本は自分の好みで作ってるだけだもの」

「ああ、なるほど」

「でも、太一《たいち》お義父《とう》さんはそこを気にして企画を立てなくちゃいけない」

「それは……難しそうだ」

人の好みは十人十色と言うし。

「しかも、『ふつう』じゃ意味ないしなぁ」

今度は綾瀬《あやせ》さんが首を傾《かし》げる番だった。

「どういうこと？　『ふつうに美味《おい》しい』じゃダメなの？」

「こう考えてみて。綾瀬さんは目玉焼きに塩胡椒《こしょう》が好き、俺は醤油《しょうゆ》が好き。じゃあ、塩胡椒の量を半分にして醤油の量を半分にして混ぜた味付けを考える」

「はあ？」

「それを掛ければ、俺も綾瀬さんもどちらも満足する味になると思う？」

綾瀬さんは秒で答える。

「むり」

「でしょ」

「私の好きな味はあの分量だから良いのであって、それは浅……悠太《ゆうた》兄さんも同じでしょ。そもそも塩胡椒と醤油は別の味付けなんだもの、ちょっとずつ混ぜたって万能の味付けになるわけじゃ……ああ。そういうことか」

綾瀬さんは自分の得意分野である料理に例えられるとすぐに理解できるようだった。

「つまり、悠太兄さんは『ふつうの味』を追求すると、全員の好みをすこしずつ叶《かな》えるような味付けになるはずだって言ってる。それだと、確かに全員が食べられるようにはなるかもしれない。でも、全員がちょっとずつ不満にもなる」

「たぶんね」

「でも、それはそれで悪いわけじゃないでしょ？」

「ところがその場合は問題がひとつ起きる」

「問題？」

丸《まる》の言葉を今日は何度も思い出すことになった。『自分のプレイが他人から見てどう見えるのか、実感がない』ってやつだ。これは綾瀬さんの、自分の料理は自分の好みに合わせているだけ、他人から美味しいと言ってもらえる自信はない、という言葉に対応すると思う。

そして丸はそれに続けてこう言っていた。プロのスポーツ選手は個人事業主だから、ただ活躍するだけではダメだと。その選手だからこその活躍が求められると。

「お客にアンケートを取るとか、その人の好みの味つけのデータを揃《そろ》えるとかして、それを平均化したレシピって想像することができる。黄金比みたいなやつ」

「まあ……仮定するだけなら」

「膨大なデータから機械的に平均を取るなら、出てくるレシピってひとつになるはずだ。まあ、それが『平均』とか『ふつう』って呼ばれると思うんだけど」

「うん」

頷《うなず》いてくれたので俺は論を先に進める。

「欲しいのがそのレシピだったら企画会議っていらないでしょ？　ただの1通りに決まるんだから」

綾瀬《あやせ》さんは目を瞠《みは》って「あっ」と声を漏らした。

「食品の新製品って『激辛』とか『超ふわふわ』とかそういうキャッチフレーズで売ってることが多い気がするんだけど、あれって考えてみれば別に『ふつう』って狙ってないよね。その製品ならではの個性で売ってるでしょ」

――その選手ならではの活躍が求められる……。

「そう、だね。うん。私は別に激辛も激甘も好きじゃないし。ああ、真綾《まあや》だったら『激甘』は手を出すかも」

奈良坂《ならさか》さんは超甘党派だったか。

「だから、他人の好みに合わせているわけじゃないとしても、それは世に出せないこととは一致しない。もちろん食べられないものじゃダメだけど」

「でも、私の手料理じゃ、さすがに売り物にはならないと思うけど」

「俺にとって美味《おい》しければ俺には嬉《うれ》しいけどね」

「あ、ありがと」

なぜか綾瀬さんはそっぽを向いて照れたようにぽつりと言った。特に褒めたわけではなくて、素直な感想を言っただけなのだが。

「まあ、売れちゃったらプロになれるってことだもんなあ」

「食べられるものを作るだけで手一杯だったんだけど。この家に来てから料理は褒められてばっかりだから、逆に戸惑うんだけど……」

「感謝してます」

おどけた仕草で両手を合わせて拝んだらむうと言ってそっぽ向かれた。

まあ、俺も綾瀬さんの料理を美味しいと思ってはいても、それが料理人になれるレベルだとは断言できない。そもそも自分の舌がそこまで優秀だとも思ってないし。だから軽々に言いたくないわけで、冗談に逃げるしかなかったのが本音だ。

ただ、自分のことは自分では意外とわからないものだなってことを、今日は自覚してばかりだったと思う。

――浅村《あさむら》もな。遠慮しねえで打ってこうぜ。

――打たないって決めてる奴《やつ》は怖くないんだ。それじゃ誰も君のことを見ない。放っておいていいことになる。

吉田《よしだ》と児玉《こだま》に言われたことが耳の奥で木霊していた。

綾瀬さんの味噌汁《みそしる》の味を思い出しながら、俺はそういえば丸《まる》が野球の試合をしている姿って見たことがなかったなとぼんやりと思い返していた。あいつはどんなプレイをするんだろう。

「それを言ったらだけど」

綾瀬《あやせ》さんがほうじ茶のグラスをとりとコースターの上に置きながら言う。

「バスケは悠太《ゆうた》兄さんの活躍のおかげでベスト4だったわけで。スポーツもできるんだなあってびっくりした」

「いやいや、あれは吉田《よしだ》や児玉《こだま》が頑張ったからだよ。俺はチームプレイに徹しただけだし」

「でも、あの最後の得点は悠太兄さんのシュートだったから」

「苦し紛れに打ったら、たまたま入っただけだよ、ほんと」

俺は決して運動能力の高い人間ではないのだ。自覚はある。それよりも本を読んでいるほうが好きなのであって……。

「いいの！　私にとって大活躍だったんだから」

言いながら照れられると、俺のほうも照れてしまう。

「あ、ありがとう」

まるで先ほどの綾瀬さんの鏡映しのように俺もそっぽを向きながら言った。

なぜか綾瀬さんが笑いだした。

「照れてる！」

「褒められるのに慣れてないだけだって」

後片付けを始めるまで綾瀬さんはずっと笑っていた。


夜、受験勉強を終えて寝床に入ろうとしたところでスマホが鳴った。

ＬＩＮＥへのメッセージだった。

【今日はありがとな！　感謝感謝！】

吉田からだった。

つづくメッセージによれば、あのあと牧原《まきはら》さんに告白したら成功だったらしい。

返信の内容を考える。

自分はただチームの勝利を考えてパスを出しただけだと言いたかった。告白に成功したのは、普段からの付き合いを通しての牧原さんの印象がよかったゆえだと思うのだ。いい奴《やつ》だからさ、吉田は。

まあ人と人とは相性だって言うし。良い奴だからＯＫになるとも限らない。誰かにとっての「好ましい」は他の誰かにとっては「気に入らない」かもしれないし。

それでも食堂で俺の前に並んで座っていた牧原さんと吉田は充分以上に仲良くしていたように感じてたのだ。

とはいえ、それを延々と綴《つづ》っても意味はない。吉田だっていま欲しい言葉は——。

【どういたしまして】

そう返してから、吉田が欲しがっているシンプルなメッセージを伝える。

【おめでとう】

ガッツポーズのスタンプが返ってきたのが吉田らしかった。

●6月15日（火曜日）　綾瀬沙季《あやせさき》

「昨日のドラマ、観《み》た？」

委員長に言われて首を捻《ひね》る。

更衣室で着替え中、それも体操服に首を通している最中のことだったから、一瞬捻った首がつっかえて面白人間になるところだった。

「ふう……。え？　ドラマ？」

「『あおこい』のこと？」

私の脇にいたりょーちんこと佐藤《さとう》さんがすかさず、という感じで応える。

あおこい？　青い……鯉《こい》？　突然変異？

「もちろん！　あれれ？　その顔は綾瀬さんはご存じではない？」

「観てないんですか？」

「……私、ドラマはあまり――」

あ、まずい。これ、話の流れをぶった斬るやつだ。

「――見ないんだけど、どんなドラマなの？」

慌てて付け足した。錦鯉を品種改良する話……ではないだろう、たぶん。

「『あの青空に恋をした』だよ。月曜9時って言ったら、これでしょ！　なう！」

そう委員長は力説する。

佐藤さん曰《いわ》く、いま話題のイケメンと話題の美女が主演の恋愛ドラマらしい。そして、如何《いか》にそのイケメンさんと美女さんがきれいなのかを延々と説明してくれたんだけど。

その前に着替えたほうがいいよ。出しっぱなしだし。何がとは言わないでおくけど。

委員長のほうはドラマのストーリー部分がお気に入りらしく、こちらも怒濤《どとう》の勢いで語り始めた。現代ドラマらしく転生とタイムリープを取り入れた話だから、と力説している。

「とにかくいちど観てみて！」

「う、うん。わかった」

「時間があればね」

という定番の逃げの台詞《せりふ》を言えるようになっただけ、自分でも付き合いがよくなったものだと思う。今までだったら、「興味ない」でばっさり終わらせてたところだ。

相変わらず興味は1ミリも湧かないんだけど、それでも話を終わらせようとはしないで付き合っているのは、自分が知らないことを彼らが知っているということに今は関心があるからだった。

芸能人の話、海外ドラマの話、韓流《はんりゆう》アイドルやYouTuberの話……。

委員長と佐藤さんの会話は脈絡なく次の話題へとぽんぽんと移るので、付いていくのが大変だけれど、話の内容そのものよりもたぶん私はそれを話している委員長と佐藤さんに今は興味があるのだと思う。

あと、自分が知らないことがたくさんあって、世界が広いことにも。

着替えを終えて、球技大会の為《ため》に髪をまとめていると、話題が一段落したところで委員長が尋ねてくる。

「ねえ、綾瀬《あやせ》さんはふだんはどんなの観《み》てるの？」

「どんなのって……」

「テレビは見てなさそうだけど、動画とかは？」

「うーん。最近？」

観た動画と訊《き》かれても――。

「バレーボールの基本とかコツを紹介してるスポーツ系の動画かなぁ」

「真面目だ！」

「すごいですね。わたしも見ればよかった。もうすこし上手《うま》くなったかなぁ」

「いやいや。見ただけで上手くなるなら練習はいらんて。もちろん、参考に見るのはお勧めだけど、りょーちんもさ、練習がんばってたじゃん！　充分でしょ！」

「そうだね。私はルールもよくわからなかったからだし」

謙遜ではなく、私はあまりスポーツに詳しくない。ファッションの流行《はや》りを答えさせる大会とかだったら、もうちょっとマシかもしれないけど。

「まあ、でもそんな綾瀬さんならきっと活躍してくれるはず！　頼んだよ、エース！」

「無茶《むちゃ》言わないで……」

委員長、それプレッシャー。

着替えを終えて更衣室を出るところで入ってきた女子とすれちがう。

「あれ？」

「おー、沙季《さき》じゃん。おひさ！」

真綾《まあや》だった。

戸口で会話していても邪魔になるので、委員長たちは先に行かせて、私は更衣室に戻ってすこしだけ話をする。といっても互いに元気だったかを確認しあう程度だけど。

じゃあねと言ってすぐに更衣室を出る。

私の背中に真綾が宣戦布告をぶつけてきた。

「うちのクラスも負けないよー！」

私は振り返らずに手を振ってから後ろ手に扉を閉めた。

負けないよって言われてもね。トーナメント表を見るかぎり、真綾と戦うことになるとしたら決勝戦なわけで……そこまで勝ち上がれるかなぁ。


校庭での開会式を終えてから生徒たちは競技ごとにそれぞれ散っていく。

上空から見たら、蟻《あり》の子みたいな集団がわらわらと動いていくように見えただろう。

私たちはみんなおそろいの白い体操服を着ていたわけだし。ああ、ジャージの人もいるか。この暑さだと脱いでいる人のほうが多いけどね。

流れの中にはかまぼこ型の建物に吸い込まれていくものがあって、つまりそれが体育館競技の生徒たちだ。私と委員長と佐藤《さとう》さんもその流れの中にいる。

扉の向こう側に入ると、さっそく最初の試合が始まっていた。体育館の半分でバレーボールが、残りでバスケットが行われている。

「まだ時間あるから上で観《み》よ！」

委員長が言った。

「上？」と私、「それがいいですね」と言ったのは佐藤さん。

なんのことかと思ったら、2階のキャットウォークに上がって観ようということらしくて（3年間通っていて、上がるのは初めてだった）、視線を上げればすでに大勢の生徒たちが張り出しに上がって観戦しているのが見えた。なるほど。

移動する途中でバスケ組の脇を通った。浅村《あさむら》くんと目が合って、軽く目礼をしてから通り過ぎる。

ステージ脇の階段を上って2階へ。

出番が来るまではここで観戦しててもいいわけか。

試合を観ていると時々黄色い声があがる。キャットウォークからも1階のコートの外からも。注意して見てると、女子の声だから目立つだけで、男子からも同じように黄色というか男子だと印象としては茶色みたいな声があがる。

「あれ、なに？」

「んー？　バスケのほうか。おお、ほれ、あそこの髪の赤い男子。綾瀬《あやせ》さんより派手めな色のがいるからだねぇ」

「だれ？」

ふつうに知らなかっただけなのに、佐藤さんにまで意外そうな顔をされてしまった。

委員長が教えてくれる。

「いっこ下の、2年4組の乙坂《おとさか》じゃん」

「なに？　有名なの？」

「まあ、綾瀬さんと同程度には有名ですな。いや最近は綾瀬さんよりも有名かもね。見た目が派手なのもあるけど、あの子はＭＡだからねぇ」

「ＭＡ？」

ってなんだろう？

「ミュージック・アソシエーション。まあ、他の学校でいう軽音部」

アソシエーション、と聞いて頭の中の単語帳をひっくり返した。たしか、共通の目的をもつ人々が自発的に作る集団のことだ。なるほど音楽愛好集団みたいな感じか。

「なんでそんな名前なの？」

「さあ？　昔からそういう名前だったらしいからわからん」

「ふうん」

そういえば昨年の文化祭でクラスメイトに付き合って、ビジュアル系バンドのステージを観に行ったっけ。あれも私にしてみれば珍しく他人の趣味に付き合った瞬間だった。今

2年生ということは当時は1年生だったはずで、ということはあのときステージに居たんだろうか？　……まったく覚えがない。

あ、こけた。

パスを受けようとして体を捻《ひね》ったときにバランスを失ったようだった。きゃあ、と黄色い声があがる。

「なんで？」

「背が高いからじゃない？」

「ああ、バスケは身長が高いほうが有利だからか」

「いや……あの嬌声《きょうせい》はそういうんじゃないと思うけど」

委員長の言葉に首を傾《かし》げる。

観《み》ていると、シュートが決まれば、きゃあ、失敗しても、きゃあ。なんなんだ。

「いやあ、かっこいいねえ。目の保養ですな。そう思わん？」

「えーっと、よくわかんない、かな」

ときどき遠いところからシュートを決める生徒が居て、そういうのは「すごいなぁ」とは思うけれど。

「まあ、『すごい』もかっこいいけどね」

「バスケの試合だから、そういうものなのでは？」

「それだと、ビジュアル系バンドとか成立しないでしょ」

「……そうだね」

そういえばそうだ。あのときは世界観の追求という言葉になんとなくそういうものかと頷《うなず》いてしまったが。というか、演奏が「すごい」に興味があるのだったらプロの演奏を聴きに行くだろうしなぁ。そういう意味では部員でさえない高校の球技大会に「すごい」を求めるのはちがうだろうし。「かっこいい」ってなんだ？

「あ。次はうちのクラスですよ。もっと近くに行きません？」

佐藤《さとう》さんが言った。

試合が終わって、次が浅村《あさむら》くんたちの番だったようだ。

相手は2年生のチームだけど、最初のジャンプボールを取られ、あっという間に得点を決められてしまった。

「ＯＫＯＫ。まだ1本決められただけだよ！　取り返してこー！」

委員長が声を張り上げた。

うわあ、大きな声。なるほど、これが委員長の本気。

「だいじょうぶでしょうか……」

心配そうな佐藤さんの声に、委員長がいつになく真面目な顔で応える。

「うちのチームはけっこう頑張れると思う。吉田《よしだ》はシュートが上手《うま》いし、児玉《こだま》は中学時代にバスケをやっていたらしいから」

「そうなんですか」

「ん。臨時家庭科部の打ち合わせしてたとき聞いた」

そうなのか。

私は試合の行方を見守った。

たしかに委員長の言葉どおり、吉田《よしだ》くんと児玉《こだま》くんが頭ひとつ抜けて上手《うま》い。相手のチームにも上手いのがひとりいるけれど、こちらはふたり……いや、浅村《あさむら》くんもけっこうやるのでは？

「浅村君が意外とやるねえ」

「そ、そう？」

「位置取りがいい。ほら、だからまたパスがきた」

観《み》ていると、たしかに浅村くんのところにパスが集まってくる。そのパスを浅村くんはうまく味方に繋《つな》げていて、児玉くんに渡れば敵陣深くまで切り込んでいくし、吉田くんに渡ればたいていシュートチャンスになった。

「いまの、惜しかったですね」

吉田くんのシュートはバックボードに当たったものの、リングに嫌われて零《こぼ》れてしまった。リバウンドを拾った子がそれを浅村くんに戻した。ふたたびそこから吉田くんに渡って、今度は——決まった。

「すごいすごい！　逆転です！」

ただでさえ小動物っぽい佐藤《さとう》さんがぴょんぴょんリアルに小さく跳ねていた。ほんとに跳ねる人っているんだなぁ。

「うーん、なんでだろ」

私たちのクラスが勝ち越したのに委員長が唸《うな》ってる。

「浅村ぁ、今のは打てただろー……」

む。呼び捨て？

「ああ、ごめん。浅村君ね。どうもわたし、テンションあがると言葉が荒くなりがちで」

え？　なんで私いま謝られたの？

「今さあ、吉田に渡さなくても自分で打てたよねえ、浅村君」

「確実に決めたかったんじゃないですか、逆転のチャンスでしたし」

佐藤さんの言葉にふむと委員長が頬《ほお》に手を当てて考える仕草をする。

「かもね。けどさ、さっきから見てると、浅村君、一度もシュート打ってないよ」

言われてみればそうだった。

まあでも、ちゃんと味方に繋げてチャンスになっているのだから良いのでは？

そういえば彼は昨年の夏、みんなと一緒にプールに行ったときも、ああいう立ち回りを進んでやっていたっけ。

「まあ、2年相手だし、勝てると思うからいいんだけどね。あれじゃ、怖くないなぁ」

どういう意味だろう。

気になる言い回しだなと思ったけれど、そんなことを考えている間に、試合は終わってしまった。

終わってみれば順当に勝利した感じ。浅村《あさむら》くんは最後まで周りをよく見て動いていたように思う。あれが彼の素敵なところだよね、と私は再認識したのだった。

目立たないかもしれないけど。

ぼんやりと文字通り高みの見物をきめていたら、私たちの試合時間になってしまった。

1階に降りて、バレーコートの脇で集まっていたみんなに合流する。

我がチームのキャプテン役はもちろん委員長だ。

ホイッスルが鳴って私の球技大会における初めての団体競技戦が始まる。

自分で言うのもなんだけれど、始めはそれなりにそつなくできていたんじゃないかなって思う。バレーボールも全員が未経験者だから、相手から速くて強いサーブやアタックが飛んでくるわけでもなくて、なんとか拾うことができるレベルなのだ。

だからレシーブできるし、弱くてもいいならアタックもできる。

まあ、から振りもするけど。

「その調子でいこー！」

委員長が飛ばした檄《げき》に私は頷《うなず》きながらボールを受け取る。

自分のサーブの番だった。軽く床にボールをバウンドさせながら私はエンドライン際まで歩いていって、そこでふと視線を上げてしまった。２階のキャットウォークに大勢の生徒たちがずらりと鈴なりになっている。

えっ、いつの間にこんなに人が――。

見られていると意識した途端にぎゅっと心臓を掴《つか》まれた気分になった。やばい、と思う。よく考えてみれば自分だって先ほどまであそこに居て見下ろしていたわけだし、気づかなかっただけで今までと何も変わっていないのだけれど。

ごくっと空唾を呑《の》む。喉の渇きが気になった。緊張しちゃだめ、と考えることがさらに自分の手足を縛ってしまう。見られているという意識が、全身の肌をちくちくと刺す棘《とげ》のように感じる。

私のサーブの方法は、相手のコートに正対したままジャンプせず打つアタックのような打ち方で、いわゆるフローターサーブだ。アンダーハンドサーブに比べれば練習が必要だけれど、ジャンプサーブのような難易度はない。

左手でボールを上げて、落ちてくるボールを体重を乗せた右手で打つ。何度も練習したし、相手のコートに入れるだけならほぼ失敗しなかった。

それを失敗した。

相手に1点が与えられ、サーブ権を譲ってしまう。

ここから私の中で何かが狂った。

ミスをしたら、と思う気持ちが怯《おび》えに繋《つな》がった。今まで出せたはずの一歩が出ない。出せたはずの手が伸びない。いいプレイをしなくちゃ、という考えが、逆に「もしできなかったら」という不安を呼ぶ。

自分でもわかるほど自分の手足が動かなくなっていった。

そして、当然のようにそんな私を狙って相手はボールを放ってくるのだった。

ゆるく山なりのボールが放り込まれ、私の顔面あたりに向かって飛んできた、慌ててバックステップをするのだけれど、前衛にいた私は後ろが気になってしまい、足が絡まってひっくり返った。音がする勢いでお尻から落ちる。痛い。ボールは私の顔のあたりをかすめるようにして通り過ぎた。もちろん拾うなんて無理だった。

「綾瀬《あやせ》さん！」

はっとなる。歓声の中でも私には声の主がわかってしまった。浅村《あさむら》くんだ。

彼も見ているのか、というか、見られちゃったのかと考えると、また変に意識してしまい動きが鈍りそうになる。痛みに涙目になって立ち上がろうとするのだけれど、膝から力が抜けそうだ。思わず振り返って、瞬間、目が合う。いけない。あんなに心配そうな顔をさせてる。

目を逸《そ》らした。弱気な瞳を見られたくなかったし。

「ほれ」

声とともに差し出された手をつかむ。引っ張り上げてくれる勢いを生かして立ち上がった。委員長がなんかすまなそうな顔をしてた。

「気楽にいこ？　みんなも助けてくれるからさ」

言われて周りを見回してみれば、コートの中の5人も脇に控えている交代メンバーも誰も私のことを責めるような目なんてしてなかった。

「だいじょうぶです。わたしも、カバーしますから！」

駆け寄ってきた佐藤《さとう》さんが両手で拳を作りながら言った。

「あー、うん」

そうだった。これはチームスポーツなのだった。だからこそ、迷惑を掛けたくないと思ってしまったのだけれど、それでかえって迷惑をかけている。

「わかった。ありがと」

立ち上がった私は両手で思い切り自分の頰《ほお》を叩《たた》いた。乾いた音が思いのほか大きく響いて自分でもちょっとやりすぎたかと思ったけど——ここは気合を入れないとね。佐藤さんがびっくりした顔をして後じさりをしている。味方に怯《おび》えられるとは。

もういちどだけ振り返って浅村くんがそこにいることを確認する。

うん。だいじょうぶ。彼は失敗を笑うような人じゃない。

温かい瞳と、先ほどの心配そうに掛けてくれた声を思い出した。

相手のサーブが来る。アンダーハンドで打たれたボールは弱いけれど、コントロールはできるようで、やはり私を狙ってきた。ちょうど私のすこし前あたりに落ちそう。

委員長が言っていた言葉が頭の隅をかすめる。

『自分で打てたよねえ』『あれじゃ、怖くないなぁ』

怯《おび》えて竦《すく》みあがって何もできないのは雷と停電だけで充分だった。みんなが助けてくれる。だからこそ、失敗に怯えるな。さっきは踏み出せなかった一歩を——出せ！

前のめりになりつつ、なんとかボールの下に腕を入れる。辛うじて浮き上がったボールを佐藤《さとう》さんが丁寧にトスした。そのボールをブロックを躱《かわ》して我らが委員長が相手のコートに叩《たた》き込む。

相手チームの選手と選手の間にきれいに落とした。

「やったぁ！」

みんなが勝ったかのようにはしゃぐ。サーブ権がまわってきて、前衛の私は後ろに下がり、ふたたびサーブを打つことになった。

さっきはここから崩れたのだ。

——今度は、負けない。

強く打つ必要はないはずだ。冷静になれば相手はそこまで上手なチームじゃない。

息を吸って吐いてを繰り返して、全身の力をいちど抜く。

プレッシャーはいつの間にか消えていた。ギャラリーのことなんて考えるな。あれは私を応援してくれているわけじゃない。

浅村《あさむら》くんの心配そうな目を思い出す。彼は、私が何かすごいことをすることを期待してるわけじゃない。もしそうならさっきだって失望の色で私を見ていただろう。彼は私が全力を尽くせるよう「応援」してくれているのだ。

体育館の天井を見上げる。息を吐く。

私が打ったサーブはきれいな弧を描いて相手のコートのエンドラインぎりぎりに落ちた。

サーブを決めたときに振り返って浅村くんの視線を捕まえた。

声には出さずに口の動きだけで感謝を伝える。

浅村くんは何もしてないよって言うだろうけれど、あのとき声をかけてくれて、見守ってくれているんだなって実感できたら肩の力が抜けた。

停電のときのように。

彼はそこに居てくれるのだ。「応援」してくれているのがわかる。四月の頃の、不安でたまらなかった気持ち。彼の部屋に押しかけていって、抱きしめてもらわなければ安寧を得られなかったことを考えると、今はもうすこし穏やかでいられている。

彼の部屋に押しかけるなんてしなくても、彼のほうから朝、一緒に登校したいと言ってくれたし、教室でもそれなりに会話をしてくれるようになったし。

彼が距離を詰めてくれようとしているのがわかる。

信頼できる人だって思ってたけど……前よりもいっそうそう思うようになってる。

試合は、私たちのチームが勢いで上回って逃げ切った。

疲れてはいたけれど、このあとすぐに浅村くんたちの試合があると聞かされて、私たちはバスケットコートの脇まで移動した。キャットウォークに登る時間も惜しくて、そのまま応援を始める。

そうこれは「応援」だ。

かっこよさを「期待」してるわけじゃない。私は彼が力を出すことを躊躇《ためら》うのを恐れる。

結果は結果でしかない。

私はたとえ彼が得点できなかったとしても勝手に失望したりしないだろう。

バスケの対戦相手チームは浅村《あさむら》くんの親友である丸《まる》君のクラス。丸君は水星《すいせい》高校野球部の主将にして正捕手（というのがどれくらい凄《すご》いのか私にはわからないのだけど）だ。みんなに言わせれば強敵なのだそうだ。

「さあ、みんなー、めいっぱい応援するよー」

委員長がコートの外に集まっているクラスメイトたちに声を飛ばした。バレーボールであれだけ暴れまわっていたのにすごい元気だ。

でも、応援ってどうすればいいんだろう？

なにしろ球技大会は個人競技のテニスしかやってこなかったし、応援なんてされたことないから何を叫べばいいのかもわからない。いや厳密に言えば中学のときにはクラスで何か応援練習とかした覚えもあるのだが、当時すでにしっかりひねこびていた私は斜に構えてガン無視していたから覚えてなんていないのだ。

クラスで特に練習とかもしてこなかったし——してないよね？

ぽそっとそんなことをつぶやいたら、隣にいた佐藤《さとう》さんが「推しの名前を呼ぶだけで充分です」なぞとのたまった。

お、推し？

「応援したい人の名前を大声で言えば、ああ、自分を見ていてくれてるんだなってわかりますから！」

そういうもんなのか。

しかし、そんなことをしたら自分の推しが誰なのかみんなにわかってしまうのでは？

あと、応援はしたいが、プレッシャーは掛けたくないんだけど。

「心のなかで励ますってだけじゃだめ？」

「綾瀬《あやせ》さん……なんて往生際わるい」

なんでじと目で見つめられてしまうのか。

「頑張ってる人を応援するのは恥ずかしくないですよ？」

「いや、恥ずかしいからってわけじゃなくて……」

「あっ！」

え？

慌てて視線をコートに戻した。

いつの間にかパスが繋《つな》がり、大きな体格の男子が味方のゴール近くまで走り込んでいた。

ボールをリズミカルに床にドリブルさせる音が響く。浅村くんたちが必死に追いかけるものの、体の大きさに見合わない素早さでゴール下まで駆け込むと、きれいなフォームでシュートを決めた。

ゴールが決まった瞬間に振り返り、丸い眼鏡の奥の瞳を弓なりに曲げてにやりと笑みを浮かべる。丸《まる》君だ。

「あっちゃー。あのでかいの上手《うま》いねぇ」

委員長が悲鳴みたいなひっくり返った声で言った。

第1ピリオドはそのまま押し切られて5点差がついていた。

空気が重い。

コート脇で休憩を取っているバスケ組の男子たちの表情もどこか暗く沈んでいるようだった。

「まずいね……このままだと負けるかも」

委員長がシビアに状況を分析して、佐藤《さとう》さんを始め、応援組のテンションまで下がってしまった。

「ま、まだ後半があるでしょ！」

思わず口走ってしまう。

顔をあげた委員長が不思議なものを見たという感じで私を見つめる。

「あー……。そだねぇ。うん、いかんいかん。さっきーの言うとおりだ」

さ、さっきー？ 誰だそれ。いや、今はそんなことはどうでもいいんだった。委員長はクラスメイトたちの顔をゆっくり見渡しながら言う。

「諸君！ 我々はまだ負けたわけではない」

う、うん。そうだね。私もそう言ったし。

「決着がつくまでしっかり応援しようではないか！」

おう、と男子応援団が野太い声で返し、女子たちがうんうんと頷《うなず》いている。が、がんばります！ と拳を握っているのは佐藤さんだ。

審判が笛を吹いて試合のつづきを促し、第2ピリオドが始まる。

「うん。ちょっとやり方を変えてきたね」

コートの中を睨《にら》んでいた委員長が言った。どこをどう見て判断したのかわからないのだけれど、確かに前半と比べて再開後は、私たちのクラスのほうがすこし勢いを取り戻してきたのが見て取れた。

すこしずつ点差が縮まっていき、5点もあった点差が徐々になくなっていく。

浅村《あさむら》くんは相変わらずパスの繋《つな》ぎ役に徹していたけれど、第1ピリオドの時よりも心なしかゴールに近い場所にいるみたいだ。

「いいぞー！」とか「がんばれー！」とか声援がかかる。

名前を呼ぶ生徒もいる。吉田《よしだ》君と小柄な児玉《こだま》君の上手なふたりへの声援が多いみたいだ。

ついに1点差になり、その状態で浅村君にパスが渡った。浅村くんはそのまま流れるような動作で吉田《よしだ》君にパスを――ちがう。振り返って強引にシュートを打った。

わぁっと歓声が上がりかけるが、無情にもボールはリングに嫌われて入らず、リバウンドを奪った敵チームにそのままシュートを決められてしまう。

歓声が悲鳴に変わった。

「うん。いいじゃん、浅村《あさむら》」

えっ、と身を乗り出していた私は思わず振り返る。委員長がアンダーリムの向こうの瞳を細めて笑顔になっていた。

「初シュートだったね、今の」

「う、うん。そうだ、けど」

それは私にもわかる。だってずっと見ていたもの。てっきり吉田くんにパスを出すのだと思った。もちろん吉田くんは敵のチームにマークされてはいたけれど、まさか強引に自分で打つとは思わなかった。

「いいぞ」

「どんどん狙ってこー」

そんな声が聞こえてくる。浅村くんに対して仲間たちから掛けられた声。

積極的といえば聞こえはいいが、ワンマンプレイとも言われかねないと思ったのに。

でも、委員長の言うとおりだった。そこから流れが変わったのだ。

「なんか……こっちが押してきてる？」

「浅村、ああ、ごめん浅村君に――」

だからなんで謝るの。

「シュートがあるってわかったからね。これまでは放っておいて平気だったけど。これで無視できなくなったんだ」

よくわからなかったけれど、どうやらそういうことらしかった。敵のチームは浅村くんがボールをもつ度に明らかに前よりも戸惑っていた。振り返ってシュートという可能性があるから、らしい。

シーソーゲームがつづき、浅村くんは交代になってコートから出た。ラインを越えて出てきた浅村くんにクラスメイトたちから惜しかったぞと声が飛ぶ。

「あさむらー、頼むよーー！」

委員長が名前を大声で呼んで檄《げき》を飛ばした。

声に浅村くんが振り返る。

たぶん、委員長の隣にいた私の姿も見えたと思う。

休憩を終えてふたたび浅村くんがコートに入ってきたときには点差は1点にまで縮まっていて、時間は残り1分ほどになっていた。

入ってきた浅村くんのところにさっそくボールが渡る。それを即座に繋《つな》いで浅村くんはゴール前へと走った。

パスが繋がり、児玉《こだま》くんがドリブルで切り込む。

そしてゴール前の浅村《あさむら》くんにパス！

もしかしてシュート!?　と思ったら、その動きはフェイントだったみたいでパスが吉田《よしだ》くんに渡った。

すこし遠かったけれど吉田くんは迷わずボールをゴール目掛けて放った。もう時間もなかったからだろう。たぶん、30秒も残ってなかったと思う。弧を描いて放たれたボールはてっきりゴールに入ったと思った。けれど無情にも外れて零《こぼ》れ落《お》ちてくる。正直、ここで終わったと思った。

わっとばかりにボールへと群がる。てんてんと跳ねるボールを拾い上げたのは浅村くんだった。拾った浅村くんの視線が泳ぐ。パスの出しどころを探して――審判が時計を見て笛をくわえた。喉の奥がひりつく。もうタイムアップぎりぎり。泳いでいた浅村くんの視線がすっとゴールへと向いたのを私は見た。はっとなる。

彼の足が一歩前へ。

踏み出すのは怖い。私はそれを知っている。だってさっき感じたばかりの感情だもの。

けれど彼の足はゴールへと向いた。

――応援したい人の名前を大声で言えば、ああ、自分を見ていてくれてるんだなってわかりますから！

逆に言えば、それは言わなければわからない、伝わらないってことで……。怖くても、見守ってくれている人がいる。暗闇の中で私を抱きしめて教えてくれた。

だから私も。

「あ……」

がんばれ。がんばって！

「あさむら、く――――ん！」

喉の奥から声が絞り出る。

体勢を崩しながらも浅村悠太《ゆうた》の手はボールを押し出した。

丸い球体は回転しながらも高く弧を描く。窓の外の青空に虹を架けるような軌道を描いたボールはゴールポストの後ろのバックボードに当たって跳ね――まるでスローモーションのように時がゆっくりと流れて――ネットの内側を滑り落ちてゆく。耳は世界の音をぜんぶ追い出していて静寂のなかで私にはボールだけが見えていた。

ネットから絞り出されるように丸い球体は落ちていき。

鋭くなるホイッスルの音。

そこで時間の流れがもとに戻った。床を跳ねて転がるボール。大歓声をあげている私たち。床に座り込んでしまった浅村くん。

「うおおおおお！」

「勝ったああ！」

劇的な幕切れに周りのみんなも大はしゃぎだ。佐藤《さとう》さんなんて涙ぐんでいたけれど、いやこれ決勝戦でもなんでもないからね？

まあ——よくがんばったとは思うけど。

「んー。よき応援だったよん。綾瀬《あやせ》さん」

委員長が私に向かって言った。

「へ？　あ」

いま、私、浅村《あさむら》くんの名前を呼んじゃったんだ……。

「まあ、ふつうでしょ。クラスメイトだもん」

「ほほう。まあ確かに——」

む。浅村くんをかっこいいと気づいたか。

「応援しがいのある姿ではあったね」

私はその言葉についてすこし考え、それから軽く頷《うなず》いてみせた。

「でしょ」

なぜか委員長は苦笑したけれど私はあえて見なかったフリをする。

時刻はもう昼近くて、ここからいったん昼休みに入る。委員長がごはんにしようかーと大きな声でみんなを促した。

そういえば委員長たち臨時家庭科部がおにぎりを作ってるんだっけ。

知ってれば味噌汁《みそしる》くらい作ってきたのだけど。ええほら、クラスメイトのためだしね。

午後に再開された球技大会では、浅村くんのバスケ組も私たちのバレー組も、決勝までは行けずに負けてしまったけれど、私たちのクラスは全体的にはそこそこの成績を収めることに成功した。

かなり疲れたけれど、まあ、チームスポーツも悪くないってわかった。

私の、水星《すいせい》高校3年の球技大会はこうして幕を閉じたのだった。


その日の夜は浅村《あさむら》くんも私も疲れていて、早々に夕食を取ることにした。

疲労してるときって、遅くなるほど支度も片付けも面倒《めんどう》くさくなるし、それだと食べてお風呂に入ったら間違いなく何もせずにそのまま寝ちゃうことになるし。

メニューは簡単なものにした。

具体的に言えば、お母さんが買ってきてくれた秋刀魚《さんま》を焼いただけ。サラダは作り置きだ。秋刀魚を食べるときの為《ため》に大根はおろしたけど。

ただ、味噌汁《みそしる》だけは作った。具材は油揚げだけだったけど。

夕食後にふたりして冷えたほうじ茶を飲んで、ようやくひと息ついた。

「今日は疲れたね」

溜息《ためいき》のような息をつきながら言ったら、浅村くんも頷《うなず》く。

浅村くんと球技大会を振り返っていたら、なんだかいつのまにかスポーツ選手ってすごいなって話になり、毎日練習をすることの大変さについて語り、なぜかそのまま私が毎日当たり前のように料理をしていることがすごいと言われてしまった。

褒めすぎだと思う。

それに作っている私は自分の料理を美味《おい》しく作ろうという意識が足りないように思うのだ。私は基本自分が美味しいと思うかどうかしか気にしていない。

あとまあ別に料理人を目指しているというわけでもない。だから、自分の舌しか気にしてないとも言えるかな。

「この家に来てから料理は褒められてばっかりだから、逆に戸惑うんだけど……」

そう言ったら、感謝してるなんて拝まれてしまって、私は恥ずかしくなってそっぽを向くことになった。

ほんとに浅村くんは褒めるのが上手だと思う。

「それを言ったらだけど」

私はふと今日の球技大会のことを思い出し、浅村悠太《ゆうた》の褒めポイントを見つけた。

バスケの試合は浅村くんの活躍でベスト4だったでしょと誉《ほ》める。

でも、浅村くんは自分のことになると控えめになるのだ。苦し紛れだったし、ゴールしたのはたまたまだったと言い張る。

結果のことを言っているのではないのだ。絶体絶命のあそこでシュートを選択した行動そのものが私にはまぶしく映った。私なんてプレッシャーでがちがちになってて、浅村くんに声をかけてもらうまで、手足がロクに動かなかったんだから。

「いいの！　私にとって大活躍だったんだから」

そうきっぱり言ったら、浅村くんったら頰《ほお》を赤くして照れたのだ。

「あ、ありがとう」

そっけなく言うお礼を聞いたら、なんだかおかしさが込み上げてしまって。

「照れてる！」

「褒められるのに慣れてないだけだって」

頭のうしろをがしがしと掻《か》きながら照れる浅村《あさむら》くんを見ていて、ああ、こういうところが私には素敵に感じるのだなと思う。

寝床に入ってからも、何度もその顔を思い出し、心の中がその度に温かくなる。

その夜、夢を見た。

なぜか子どもに戻っていた私は真っ暗な闇の中で膝を抱えて泣いていた。

傍《かたわ》らにしゃがみこんでくる人がいて、私の手を取って引っ張る。

闇が晴れて、周りには地面の代わりに体育館の床みたいなものがずっと地平線の彼方《かなた》まで広がっていた。

天井がなくて青空が見えて。

私は手を引いてくれた人の手を握り返し、ふたり並んでどこまでも歩いていく。

振り返って微笑《ほほえ》んでくれるちょっと照れたようなその顔の持ち主は浅村悠太《ゆうた》という名前の男の子だった。

●7月20日（火曜日）　浅村悠太

1学期の終業式が、空調の利いた体育館に全校生徒を集めて行われた。

式が終わって、ぞろぞろと各々の教室へ戻る生徒の流れに沿って俺も体育館を出る。

途端、むわりとした熱気が肌にまとわりついた。

蝉《せみ》の大合唱が鼓膜を叩《たた》く。

激闘の球技大会から、いつの間にかもう1か月が過ぎていた。

視線を横に向けるとグラウンドが見えた。

濃い色の空の下、茶色の地面を囲むネットを支える太い柱からは、くっきりとした黒い影が落ちている。

じりじりと照りつける太陽が、明と暗の境界線を明確に引いていた。物理的な圧力さえ感じる眩《まぶ》しい光が、曖昧さも誤魔化《ごまか》しも許さないとばかりに。

ふぅ、と息が漏れる。

突きつけられた気分だった。

受験の結果は、この3年の夏休みの間にどれだけ仕上げられるかで決まるわけで。

「そういえば丸《まる》の奴《やつ》すごいよな」

「え？」

声に振り向くと、吉田《よしだ》が隣に来ていた。

「3回戦突破したって」

「らしいね」

丸《まる》がキャプテンを務める水星《すいせい》高校野球部は、東東京地区の地区予選ですでに3回戦を突破していて明後日《あさって》の22日に行われる4回戦に勝てばベスト16だという。

「ここらって、全国でも屈指の激戦区だしな。ベスト16になったらすげーよ。俺、丸にサインもらおうかな」

「吉田《よしだ》って、そんなに野球に興味あるんだ？」

「いやべつに」

違うのか。

「単純にな、すげーって思ったらすげーって伝えたいだけだよ」

「なるほど」

つまり丸は頑張ったことで、普段は興味のない相手にまですごいと思わせたわけか。

「お？　なんか嬉《うれ》しそうだな、浅村《あさむら》」

「まあ」

さすがだな、って思ったんだ。

終業式のあとSHRがあり、すぐに解散となった。夕方にはバイトだが、それまで時間はある。いったん家に帰ろうかな？　それともどこかで休んでいるか。

明日から夏休みで当分は教室に来ることはなくなる。忘れ物がないか机の中を念入りにチェックしておく。スチールの感触が指先に当たった。よし、空っぽだな。

「浅村くん、ちょっといい？」

声に振り返ると綾瀬《あやせ》さんが立っていた。

家では遠く、外では近く。俺たちはこの1か月で教室でも自然に話すようになっている。最初の頃は何度かクラスメイトたちから『最近、仲がいいね』と言われたりもしたけれど『クラスメイトだからね』と返していたら、いつのまにか言われなくなった。

まあクラスメイト同士が話すなんて、つまりふつうってことだから、それは何も言われなくなるのがふつうだろう。

「どうしたの？」

「真綾《まあや》がね。私たちに話があるって」

奈良坂《ならさか》さんが？　綾瀬さんだけじゃなくて俺にも？

なんだろう。

「沙季《さき》ー！　浅村くんー！　おまたせー！　とぅ！」

元気のいい声とともに女子生徒が、人影のまばらになった教室に文字通りに跳び込んできた。

うん、奈良坂さんだ。

俺たちの前にやってきた彼女は、ぱぁっと笑みを浮かべる。以前、綾瀬さんが彼女を

『ひまわり』と言っていたのを俺は思い出した。たしかに居るだけでその場が明るくなる。

「奈良坂《ならさか》さん。俺と綾瀬《あやせ》さんに話って？」

「はっ⁉　なぜそのことを⁉　浅村《あさむら》くんってエスパー⁉」

口許《くちもと》に手を当てて大げさに驚く奈良坂さんに、俺の隣で綾瀬さんが小さくため息をつく。

「話があるって言ったのは真綾《まあや》でしょ。いま、伝えたところだよ」

「あはは、てへぺろりーぬだよー」

「誰ですか、その謎の外国人は」

つっこむと、わざとらしい咳《せき》ばらいをしてから奈良坂さんが口を開いた。

「えー、ふたりとも！　明後日《あさって》の予定ってもう決まってる⁉」

明後日？　というと7月22日か。夏休みの2日目……で木曜日。予定か。

「とくにないけど」

「何かあるの？」

奈良坂さんの目がにんまりと笑う。

「丸《まる》くんたち野球部の応援に行かない？」

応援？　ああ、そうか、丸の試合の日じゃないか。

「まあふたりだけじゃなくて、他の人たちにも声をかけてるんだけど。ほら、夏にプールに行ったときのメンバーは、ほぼみんな来られるって！」

俺の頭には新庄《しんじょう》の爽やかな顔が浮かんできた。奈良坂さんと仲のいいグループだ。

「みんな来るんだね」

さすがに人望の塊の奈良坂さんだ。えっへんとばかりに奈良坂さんが胸を張る。

「最後の夏、ベスト16が懸かった試合、せっかく丸くんが頑張ってるんだから、ちょっとでも盛り上げたい、大勢の応援の中でプレイしてほしいんだよね！」

彼女の言葉に俺は約1か月前の球技大会を思い出した。押しつけるような「期待」とは違う、「応援」だったらありだなという気分になっていた。

「相手は強豪校だし！」

そう、なのか。

スポーツには詳しくない俺は地区の強豪校と言われてもどれほど強いのかわからない。わからないけれど、奈良坂さんがこう言うってことは、けっこう勝てるかどうかギリギリの相手ってことなんだろう。

「それで大丈夫かな？　ふたりは来られそう？」

「そうだな。行くよ」

球技大会のときにも思った。一度は丸が公式戦をしているところを見てみたいと。

「綾瀬さんはどうする？」

「まあ……1日くらいなら」

「よっしゃああ！　いえーい！　沙季《さき》ー！」

奈良坂さんが両腕を持ち上げて綾瀬さんにハイタッチを求める。

「い、いえい？」

綾瀬《あやせ》さんは戸惑いながらも応じていた。

合わされた手の平がぱちんと鳴る。

「ふたりもほかに誘いたい人がいたら誘ってみてね！　22日はみんなで球場へＧＯだ！　じゃあわたしは他の人にも声をかけに行くからアデュなら－！」

あでゅなら？

フランス語と日本語をあやしげに混ぜたさよならを言って奈良坂《ならさか》さんは嵐のように去っていった。

ふむと考える。

俺が誘うとしたら吉田《よしだ》だろうか。共通の友人だし、丸《まる》の試合を気にしていたし。

綾瀬さんはと言えば、委員長と佐藤《さとう》さんを誘ってみるという。

しかし……奈良坂さん、自ら応援団長みたいなことをしてるなんて、丸とずいぶん仲良くしてるんだなぁ。

●7月20日（火曜日）　綾瀬沙季《さき》

気づけば夏になってる。

季節の変わり目という言葉があるけれど、変化の実感というのは分かり易《やす》いものじゃなくて。

最近は傘を持って家を出ないなとか、洗濯物を外に干せるようになったなとか、しけた廊下と上履きが擦《こす》れる高い音がしないなとか。

気づく人は気づくのかもしれないけれど、言われてみればということが多いかな。

変化はじわりと広がっていって。そうしてみんなが気づく頃には辺りはすっかり夏の風景になってしまっている。梅雨明けの発表はまだないけれど。

照りつける太陽が教室を明るく満たしていた。

球技大会からもう1か月。受験勉強に定期試験に、減らしたとはいえバイトもあって、あれこれ忙しくしている間に、季節はすっかり変わってしまった。

季節だけじゃない。

私と浅村《あさむら》くんの関係もすこしだけ変わっている。

家の中での「悠太《ゆうた》兄さん」呼びにもすっかり慣れ、外で並んで歩く機会も増えた。

それに連れて私の心も落ち着きを取り戻していったし、成績も緩やかに回復していった。

とくに6月末の模試で春先の不調を挽回《ばんかい》できたのは嬉《うれ》しかった。変化というのは目に見えづらいからこそ数字に表れると安心する。

浅村《あさむら》くんとの距離感を見つめ直して呼び方を変えた成果は現れているみたい。もちろん周りの受験生たちも頑張っていて学力を伸ばしているから、順位はほんのすこししか伸ばせなかったけれど。

水星《すいせい》高校は進学校だけあって、受験生として気を引き締めている生徒は多いのだ。ただ、さすがに今日は違う。

私は教室を見渡す。クラスメイト達が思い思いに話しているので、蝉《せみ》が鳴いているみたいに騒がしい。みな浮かれた雰囲気だった。

今日は終業式。

明日からは夏休みだから。

受験生にとっては予備校やら模試やらと休みにならないであろうとわかっていても、みんなどこか明るい顔だ。

いや、不景気な顔色の生徒も居るには居た。

たとえば目の前のこの委員長。彼女は登校して教室に入ってくるなり、私の隣りにある自分の席へと腰を落とすと、突っ伏したのだ、私の机に。

「と、溶けるぅ」

「もう溶けてない？」

「どへぇ……あぢいよう」

アスファルトで寝そべったアイスのような委員長を、りょーちんこと佐藤涼子《さとうりょうこ》さんが下敷きで扇《あお》ぐ。佐藤さんは最近の席替えで私の前の席になった。ちなみに委員長は席替え後も変わらず私の隣に座っている。

「今日は最高気温が34℃らしいですよ」

佐藤さんが言った。

「ぐえっ、もうほとんど人間の体温じゃん……大勢の人にずっと抱きつかれてる状態じゃん……離れろぉ……あづうぃ……」

「そこまで？」

私は冷房で肌寒い感覚が苦手だから、カーディガンを羽織っているんだけど。もちろん教室内のエアコンは全力で稼働していた。それでも外を歩いてきたばかりの委員長は溶ける溶けると繰り返している。

「満員電車に耐えてからさらに炎天下をノコノコ登校してきたんだぞ……」

「夏場は外に出たくないですよねぇ」

佐藤さんの言葉に委員長がちょっとだけ顔をあげた。

「りょーちんはインドア派かな？」

「汗をかくのは好きじゃないのでおうちが良いなあって。服も楽でいいですし」

「わっかるなあ。私も家だとカップ付きのインナーだけで済ませてるわー。Tシャツさえいらんて。夏はそれで充分だよねぇ。ラクだし」

「わ、わー！」

佐藤《さとう》さんが慌てて委員長の言葉をかき消した。私も焦った。教室でなんてことを言い出すんだこの人は。

「ん？　なになに。どしたの？」

「い、委員長！　人前でそういうことはあんまり言わない方がいいですよ」

「えっ、家で薄着なのって普通でしょ？　自宅で着込んでる人っていなくない？」

佐藤さんと私はそろって溜息《ためいき》をついた。

まったくもう、この人は。だとしても、年頃の女子が下着とか肌着についてそんな明け透けに他人の前で話すもんじゃないでしょうが。洗ったばかりの下着ならタオルと同じだと思うし、それを家族に向かって話すくらいならふつうだとは思うけど。

「あっはっは。どうせ聞こえてないって。みんな明日からの夏休みに思いを馳《は》せてるし」

「勉強三昧の夏だとは思いますけどね……」

佐藤さんがボソッと真実を突きつけ、ふたたび委員長はしおしおと溶けた。

「毎日夏祭りに行ってやるぅ」

机に顔をうずめながら憎らしそうに呟《つぶや》いた。見事に覇気が失われている。佐藤さんがそれを見て慌てる。

「い、良いですねえ夏祭り！　でも毎日なんてやってるもんなんですか？」

委員長が勢いよく体を起こした。

ポケットから取り出してスマホを見せてくる。

「ぬふふ。ちゃあんと調査済ですってよ、奥さん」

誰が奥さんだ。

「ほれ。全国のお祭りをカレンダー形式でまとめたサイトがあったのだよ！　すでにブックマーク済みでぇい！」

「わぁ、ねぷた祭り、ねぶた祭り、灯籠流《とうろう》し、阿波踊《あわおど》り、よさこい……すごい。たくさんありますね」

スマホには北海道から沖縄までありとあらゆる祭りが網羅されていた。ちなみに弘前《ひろさき》の祭りが「ねぷた」で青森の祭りが「ねぶた」である。

でもさすがに。

「毎日は無理じゃない？」

受験生なんだし。そうじゃなくても大変でしょう。

委員長は、分かってないなあ綾瀬《あやせ》さんは、と肩をすくめる。

「こーゆーのは気分の問題なんだってば。いっくら受験生っていっても勉強の予定しかなかったら絶対に集中だって切れちゃうって。気を張りっぱなしでいいことなんかないでしょ？」

言われて考えてみた。なるほど一理あるかも。自宅で机に向かっていても集中力はどこかで切れてしまう。それが1日だけならなんとかなるかもしれない。でも1か月も続くとなると……。

「ま、だからといって誰かを誘うのもなーってなっちゃうんだけどねぇ。相手の受験勉強を邪魔しちゃわないかって考えちゃうし」

その配慮はさすがだけど、いちおう貴女《あなた》も受験生なのでは？

まあ、遊びに誘うときは相手の予定を考えて、とか今思ったけど、もしかして私、自分から友人を遊びに誘ったことってないのでは？

あれ？　もしかして、そんな配慮とかした経験なくない？

真綾《まあや》を誘ったこと、あったっけ……？

私が固まっていると、佐藤《さとう》さんが緊張の面持ちで口を開く。

「わ、私はいつでも大丈夫ですよ！　ま、毎日お祭りは難しいですけど……ダメならダメって言いますし！」

委員長に付き合う気が満々に見えた。

「おやおやおや。りょーちんってば、そんなにわたしと遊びたいのかね？」

「え、ええ。だってその、……わたし、せっかく委員長と仲良くなれてその……でも、夏休みが終わっちゃうとそんなに遊べないだろうなって」

「か、かわいい……」

「かかわいい？」

「なんて愛《う》いやつ。よしよしよし、おねえさんと一緒に遊ぼうねぇ。そーだなぁ、どのお祭りが良いかなぁ。見繕っちゃるから待ってなー？　ほらほら、これとかどう？」

委員長は嬉々《きき》として画面をなぞっていく。佐藤さんも覗きこんで話に花が咲いてしまったので手持ち無沙汰になってしまった。まぁ、私は元から会話に参加しているのかいないのか怪しいけど。

と、私のスマホから通知音が鳴った。真綾からだ。

【終業式のあと時間ある？　ちょーっと話したいことがあるんだけど！】

なんだろう。深刻な報《しら》せではなさそうだけれど。急ぎの用事はないよ、と伝えるとすぐに返信があった。

【ありがとー。浅村《あさむら》くんと一緒に沙季《さき》たちの教室で待っててね】

あ、浅村くんも？　どうして？　なんの話だろう。

先に教えてよ、と打ちこむも。

【この熱は！　直接じゃないと伝わらないのだ！　太陽よりアツいから！】

……なんだそれ。

うん。前もって話してくれないことは伝わったかな。

しかたない、大人しく放課後を待とう。こういうときの真綾はどうせ口を割らせることはできないのだ。

スマホをしまったところで予鈴が鳴った。委員長と佐藤さんも画面から目を離した。

佐藤《さとう》さんが私を見つめながら言う。

「えと、綾瀬《あやせ》さんも、どこかいきましょうね、夏休み」

佐藤さんはちいさく拳を握りしめていた。すっかりお出かけ気分になったみたい。

「あ、うん」

委員長は満足げに微笑《ほほえ》んでからクラスメイトへ向けて手を叩《たた》く。

「よーし、みんなー！　そろそろ終業式が始まるから、体育館行くよー」

さっきまでのしおれた姿はどこへやら、委員長はすっかり委員長している。

真綾《まあや》の用事がなんなのかを気にしつつも、私はみなと一緒に体育館へ向かった。


終業式を体育館で済ませてから放課後。

真綾から話があると浅村《あさむら》くんに伝えたところで当の本人が現れた。現れたというか教室に跳び込んできた。そして明かされた話したいことの中身とは。

「丸《まる》くんたち野球部の応援に行かない？」

というものだった。

「まあふたりだけじゃなくて、他の人たちにも声をかけてるんだけど。ほら、夏にプールに行ったときのメンバーは、ほぼみんな来られるって！」

プール？

言われて記憶を浚《さら》って、昨年の夏にそういえば真綾に誘われてプールに行ったことを思い出した。私が行くことをごねて、浅村くんに説得されたあの夏の一日だ。

心臓がどくんとひとつ大きく鳴る。

忘れていたわけじゃない。忘れたふりをしていただけだ。あの夏の日、私は自分の心を自覚して、それを封印する為《ため》に初めて浅村くんを「兄さん」と呼んだのだから。

それからしばらく心を凍らせた辛《つら》い日々がつづいたっけ。

あんな気持ちで浅村くんをもう呼びたくはない。今のように「悠太《ゆうた》兄さん」と呼んだほうがずっといい。実際、この呼び方はいいアイデアだった。「悠太兄さん」という言い回しそのものは、実のところ最初に提案したのはお母さんだった。

『まだ、名前で呼ぶの恥ずかしい？　「ゆうた兄さん」とかでもいいのよ？』

と、不意打ちのように言った。

あのときはなんて恥ずかしい呼び方を提案するのかと思ったものだ。

今ではすっかり慣れてしまったけれど。だって、「兄さん」とさえ付ければ、名前で呼んでOKだなんて。なんていいアイデア。

「おーい、沙季《さき》っちー」

「あ、はい」

「はいじゃないってば」

真綾が頬《ほお》を膨らませてる。ええと、何の話だっけ？

「綾瀬さんはどうする？」

ああ、そっか。野球部の応援ね。

誰かの応援なんてほとんどしたことはない。丸《まる》くんともそこまで仲が良いわけじゃない。

それでも真綾《まあや》は私を誘ったわけだ。

丸くんを応援してくれる人をひとりでも増やしたいからと言ってた。

冗談めかして誘っているけれども……。ちらりと真綾を見ると目が合う。瞳にはいつもより熱が籠っている気がした。

「まあ……1日くらいなら」

気付けばそう答えていた。いきなり応援だなんてどういうわけなのか気になるけれど、真綾が喜んでくれるならよかったと思う。なぜかハイタッチをすることになったけど。ほんと、この子の行動は読めない。

「ふたりもほかに誘いたい人がいたら誘ってみてね！　22日はみんなで球場へＧＯだ！　じゃあわたしは他の人にも声をかけに行くからアデュならー！」

言うが早いか真綾は去っていった。

……なんだ今の日本語とフランス語を混ぜたようなあやしげな別れの挨拶は……。

まあいいか。真綾の言動を気にしたら負けだ。

さて、今日のバイトまでは微妙に時間が空いてしまった。どうしようかと浅村《あさむら》くんに目で問いかける。教室の中に残っているのはもう私たちだけになっている。

「カフェに行くほどでもないし、そうだな、図書館でも行かない？」

「本を読む……わけじゃないよね」

「冷房が利いてるかなと思って。教室はもうすぐ切られちゃうけど、図書館なら閉館まで涼しかったはず」

それは知らなかった。

浅村くんと並んで向かおうとしたその時、スマホの通知が鳴る。表示された名前を見て立ち止まる。

「ごめん、先行ってて」

浅村くんは首を傾《かし》げたものの図書館へ向かった。背を見送ってから画面に目を落とす。

【いま通話できる？】

真綾からのメッセージだった。

はて。元気よく走り去った後でどうしたことだろうか。可能だと伝えると即座にコールがかかってきた。どうしたのと問いかける。

『んー、ちょっとね。あのさ、沙季《さき》ったら行くかどうか悩んでたでしょ？』

ああ……それか。

「私が行ってもいいのかなぁって気になっただけ。浅村くんに声をかけるのはわかるけど」

『それは言ったよー。ひとりでも多く応援に連れて行ってあげたいって』

「だから。むしろそこ。私以外の人にも声をかけてるならそれで充分なんじゃないかって。真綾にはたくさん友だちも知り合いもいるから。大勢の応援が欲しいなら、むしろそっちの方が……。私だと部外者に近いし」

そう言ったら、真綾《まあや》が一瞬だけ黙った。

『あのさ……。ええと。むしろ、その……ほかの人たちより沙季《さき》に見てほしい』

声のトーンが変わる。

いつもの陽気な声とはちがって、すこし低い、なんだか躊躇《ためら》うような話し方だった。

『ん。そう。なんていうかさー、丸《まる》くんが頑張ってるのは見てたからね。それを沙季にも見てほしかったんだよね』

「私に？」

「それを、私に？」

繰り返してしまった。だって真綾が何を言ってるのかわからない。

『そう。丸くんの活躍を、沙季に』

なんで？　と尋ねようとして、言葉を呑《の》みこむ。

あぶない。この「なんで？」はだめだ。聞きようによってはこれだと「私には関係ないことなのになんで丸くんの試合なんか見なくちゃいけないの？」と解釈されかねない。

そして、真綾はそんな意味のない誘いなんてしてこない人だ。昨夏のプールのときもそう。浅村《あさむら》くんもだけど、たぶん、あの頃の私がいっぱいいっぱいだったことを見抜いて息抜きに誘ってくれた。ふざけて見えても真綾は深謀遠慮の人なのだ。

だから私は慎重にこう訊《き》いた。

「私じゃないと駄目な理由があるんだね？」

またも躊躇うような間が入る。

『沙季はさ、丸くんのことどのくらい知ってる？』

どのくらいって……。浅村くんの友だちだなあってことしか知らないかも。

『浅村くんの友だちだなあってくらいでしょ』

むむむ。心が読まれている。

『だからこそ知って欲しいなって思うんだ。あいつの最後の夏をさ』

最後？　ああ、そうか。言われなければ気付かなかった。私は部活に打ち込んできた生徒じゃなかったから……。

人生はつづくけれど高校の夏は3回しかない。3年生にとって甲子園への挑戦は今年で終わりなんだ。

『今度の試合はベスト16が懸かった試合なんだよ！　しかも相手は優勝候補の強豪！　春の練習試合では惜しくも1点差で敗れた因縁があるんだって』

「強豪相手に1点差だったの？　それはすごいのでは」

『そう！　すごいんだよ。しかも負けてからはいっそう頑張ったんだ。主将として対策を練って練習メニューを考えて。受験勉強もあるのに、毎日バットを振り続けて……』

心なしか真綾の語り口が熱を帯びはじめる。

本音を言えば私には丸くんの努力は想像もつかない。むしろ部活をつづけたわけでもない私が分かるなんて言ってはいけないだろう。けれど、真綾《まあや》が応援をしたいと思う気持ちの温度は充分すぎるくらいに伝わってきた。

『彼の頑張る姿を沙季《さき》にも見て欲しいんだ。だってさ――』

ひとつ息を吐いてから、真綾が言う。

『沙季はわたしの大事な友だちだから、ね』


渡り廊下の先にある古びた建物、通称「図書館棟」は、1階が音楽室で2階が図書室になっている。

階段を上った先にある大きな扉を開けた。

静寂の支配する図書室へと入る。エアコンの低いうなる音だけが聞こえるほかは、人の声はささやくような小さなものだけだ。窓も閉め切ってあるし、紫外線を避けるように薄いカーテンが掛けてある。ただ、さすがに同じ建物の1階が音楽室だと消音壁があっても吹奏楽の音だけは聞こえていた。

書架の森を歩き回り浅村《あさむら》くんを見つけて隣に座った。

その一角には誰もおらず、小さな声ならば会話しても邪魔にはならないような席だった。

「浅村くんは、誰に声かける？」

隣に座るなり私は小声で問いかけた。真綾の言っていた「友人を誘ってもいいよ」というあれだ。

彼は胸ポケットのあたりをトントンと叩《たた》く。

「さっき吉田《よしだ》にLINEした。呼ばなきゃ水臭いって言われそうだし」

浅村《あさむら》くんと丸《まる》くん、そして吉田くんは去年の修学旅行で同じ班だったのだ。吉田くんとは今年も同じクラスでよく話しているし、球技大会でも一緒に活躍していたっけ。

「即座に来るって返事がきた。牧原《まきはら》さんも誘ってみるってさ」

「まきはらさん？」

どこかで聞いたことのある名前だ。しばらく浅村くんと話していて、2年のときに同じクラスだったことに気づいた。なんでも修学旅行のときに吉田くんが助けて以来、仲が良いのだそうだ。

「そうなんだ」

「綾瀬《あやせ》さんも、誰か誘う？」

「そうだね……」

実のところ当てがないわけではない。浅村くんが丸くん以外の親しい友人を増やしたように、私にだって仲良くなった人がいる。

「委員長と佐藤《さとう》さん、かな」

「ああ、最近よく一緒に話してるね」

私もそう思う。でも。

「ふたりとも丸くんとは面識もないかもだし、誘っていいのかなって考えちゃって」

ふたりとも暑いのが苦手らしいし、炎天下の野球観戦に誘うのはまずいかな、とも。

委員長も言っていた。

『だからといって誰かを誘うのもなーってなっちゃうんだけどねぇ。相手の受験勉強を邪魔しちゃわないかって考えちゃうし』

思い返してみれば、どこかに行こうと誘ってくれるのはいつも真綾《まあや》だった。私は友人を自分から誘った記憶がない。それでいて、よくもまあ誘ってくれたプールを不機嫌そうな顔でヤダとか行かないとかごねていたものだ。行きたかったくせに。

なんという面倒《めんどう》くさい人間なのか私は。

だから、まあ……たまには自分から誘ってみようと思ったわけで。ただそうなると、委員長も言っていたように色々と悩んでしまうわけである。

「なるほどね。でも綾瀬さんの友人なんでしょ？　それなら大丈夫なんじゃないかな」

「え？　私そこまで人望があるわけじゃないよ」

「ごめん、言い方が悪かった。絶対に来てくれるって意味じゃなくてさ、気乗りしなかったり予定が入ってたらちゃんと断ってくれる相手じゃないのかなって」

完全に盲点だった。

「綾瀬さんだってそうだったから」

むう。それは昨年のプールのことを言ってる？　もしかして。

そう訊《たず》ねたら、苦笑いしながら「特定のときのことを言ってるわけじゃないよ」と返してきた。それなら、まあいいけど。……ごめんね。

「でも、そうか。佐藤《さとう》さんもダメなら言いますって言ってたなぁ」

「でしょ」

にこっと笑顔を向けられて、私は勇気をもらった。くじけないうちにと、その場でスマホを取り出してメッセージを送る。どきどきしながらスマホを握り締めていると、ほどなくして返信があった。

通知を見る。

「どう?」

「き、来てくれるって」

「おー、よかったね」

浅村《あさむら》くんはあっさりと言うけれども！　私はベッドがあったら倒れこみたい気分だ。人を誘うのってこんなに緊張するものなんだ……。みんなすごいな。

●7月22日（木曜日）　浅村悠太《ゆうた》

薄暗い階段を上がり切ると晴天の強い日差しが降ってきた。

ホームベースから扇状に広がったグラウンドは内野も外野も芝で覆われていて、照りつける日差しの下で緑に輝いている。ダイヤモンドの上にある四つのベースとピッチャーズマウンドの辺りだけ茶色い土が覗いていた。

吹奏楽の音が空に抜けるように高らかに鳴っている。

この場所でこれから丸《まる》が率いる水星《すいせい》高校野球部の試合が行われる。全国高校野球選手権大会の東東京地区予選・4回戦。つまり、夏の甲子園への切符に繋《つな》がる試合だった。勝てばベスト16となり、我が校のここ数年では一番の成績となる、らしい。隣ではしゃぐ吉田《よしだ》から聞いた。

「見ろよ浅村！　これぜんぶ芝ってすごくね!?　やっぱ手入れとか大変なのかな」

「人工芝らしいよ。最近の全面工事で設備のほとんどを新しくしたんだって」

さきほど調べたので間違いない。目の前に広がる内野席のシートもずいぶん綺麗《きれい》で真新しく見える。

「へえ。あ、俺、いい席見つけてくるわ！」

そう言って陰になっている入口から座席のあるスタンドのほうへと走り出ていった。

丸の応援に駆けつけた俺たちは総勢6人のグループだった。

6人の内訳は、俺と綾瀬《あやせ》さん、綾瀬さんが誘った委員長と佐藤《さとう》さん、俺が誘った吉田《よしだ》、そして吉田が誘った牧原《まきはら》さん。

球場の最寄り駅で待ち合わせて、ここまで一緒に来た。

ちらりと後ろを振り返る。

牧原さんが取り残されて戸惑いの表情を浮かべていた。彼女にとっては吉田くらいしか頼れる人間がいない。いわばアウェーの状態で——と思っていたのだが。

委員長が牧原さんの両肩にポンと手を乗せて言う。

「由香《ゆか》ちゃん、吉田のこと追っかけなくていいのかな？」

「い、行ったほうがいいかな」

「ありゃ、あんたのために良い席を取ろうとしてるんよ。おばちゃんにはわかる。いま追いかけるべきじゃ」

委員長がお見合いを勧めるおばちゃんみたいになっていた。

「やっぱりそうだよね。……行ってくるっ」

牧原さんは委員長に背を押されて吉田が出て行った日差しの下へ小走りで駆けていく。

しかし、さっき知り合ったばかりなのに、委員長はもう牧原さんを下の名前で呼ぶまで仲良くなっていた。駅で集合して球場に辿《たど》りつくまでの短い時間で。

恐るべし委員長力。さすがに名前で呼ばれるよりも委員長と呼ばれることが多いだけはあった。

「二人とも行っちゃったの？」

綾瀬さんだった。隣には佐藤さん。ふたりとも暑さにすでにぐったりとした表情になっていた。だいじょうぶかな。

「まあ、まだ時間はあるみたいだし、席は確保しに行ったみたいだから、ここで涼んでてもだいじょうぶだと思うよ。どうする？」

「うーん」

「もう、奈良坂《ならさか》さんたちのグループは来てるんでしょうか？」

佐藤さんが尋ねてきて、俺は曖昧に返事を濁す。

「いるとは思うんだけど。見つからないな」

応援の発起人である奈良坂さんがスタンドのどこに座っているのか、視線を巡らせてみたけれど、コンコースとスタンドを繋《つな》ぐこの狭い入口からではよくわからない。

「真綾《まあや》はコンコースのほうにいるって」

スマホを掲げながら綾瀬さんが言った。たぶんＬＩＮＥに連絡が入ったのだろう。

「私、真綾に挨拶してくるね。浅村《あさむら》くんはどうする？」

「そうだな……。俺は吉田と一緒に席を探しておくよ」

奈良坂さんに誘われた身としてはついていった方がいいのかもしれないけれど、ここは役割分担ということで。まあ、奈良坂さんとは綾瀬さんのほうが親しいし。

綾瀬さんが委員長と佐藤さんをちらりと見る。どうする？　と視線で尋ねていた。

「おっ、じゃあ私も行くわー。浅村《あさむら》くん座席頼んだよ！」

「わたしも、行きます」

女子たちは仲良く綾瀬《あやせ》さんに付いていった。

俺は吉田《よしだ》と牧原《まきはら》さんの後を追ってスタンドへ。

結果論でしかないけど、綾瀬さんたちが奈良坂《ならさか》さんのほうへ行ってくれて助かったと思わないでもない。あの人数の女子を相手に、俺だけが会話をつづけられる自信はなかった。

そうなったら綾瀬さんとだけ話してしまって違和感をもたれていたかもしれない。

さて——では、宣言通りにいい感じの座席でも探しますか。


俺たちのいる観客席は1塁側（ホームベースの後ろから見て右側）だった。

水星《すいせい》高校の応援はこちらに集まると奈良坂さんから伝えられている。

観客席は、ホームベースに近い場所から、外野の手前まで1塁側と3塁側の両方に、合わせて3000席ほどが設置されていた。全席が自由席だ。外野にはスタンドはない。屋根もなく、音はすべて青空へと抜けていくようになっていた。雨が降ったら観客は全員濡《ぬ》れてしまう造りなわけだ。

外野に近いほうでは吹奏楽部が音出しを行っている。

奈良坂さんからの情報によれば、そちらには応援団やチア部も集まるらしく、その反対、ホームベース寄りに集まるつもりだよと聞かされていた。

観客席の埋まり具合はそこそこ。予選であることを考えるとけっこう入ってる気がする。俺だったらこんなに人が居て見られていたら絶対緊張する。しかしまいったな。いい席なんてわからないぞ。野球観戦なんて初めてだし。吉田に付いていった方がよかったかもしれない。吉田はどこだ？

「おーい浅村ぁー」

首を振って席を見回していると名前を呼ばれた。吉田が手を振っている。行ってみると隣に牧原さんの姿がなかった。

「あれ、牧原さんは？」

「日焼け止めを塗り直しに行ってる。まあ、この日差しだし。あまり長く直射日光の下をうろうろしてるのもなって」

「なるほど」

「で、ほれ。浅村が来てるって言ったら挨拶したいって」

「ああ」

先ほどから席に座って俺たちの会話の終わりを待っていた男子が居た。

「悠太《ゆうた》くん、久しぶり」

暑さの中でも爽やかな顔立ちの男子。新庄《しんじょう》だ。ということは奈良坂さんたちのグループはこのあたりに陣取っているということだろうか。

「あぁ。ええと、久しぶり」

軽く手を上げて挨拶をすると、彼は気まずそうにはにかんでから隣へ視線を向けた。

彼の隣には女子が座っていることに気づいてはいた。頭を下げられる。俺は反射的に会釈を返した、けど知らない顔なんだよな。昨夏のプールで見た顔でもないし。どうやら新《しん》庄《じょう》の知り合いらしいが……。ちゃんと挨拶した方がいいのだろうか。

戸惑う俺の態度から察したのか、新庄は居住まいを正して隣の女性へ手を差し向ける。

「こちら、小林《こばやし》さん。同じクラスの」

どうも初めまして、とその子――小林さんは名前を言いながら頭を下げた。

明るめのセミロングな茶髪の女子だった。耳には貝殻を模したイヤリングをしている。

ギャルとまでは言わないけれどあか抜けた見た目をしていた。

「ええと、最近付き合い始めたんだ」

へえ。……付き合う？　つまり彼女ということか。

その小林さんが堪《こら》えきれないといった様子で吹きだした。

「圭介《けいすけ》ってば。いっつも思うけどさ、紹介してくれて嬉《うれ》しいけど、苗字《みょうじ》にさん付けのその紹介の仕方やめない？　親御さんへの挨拶みたい」

「笑うなよ。人に紹介するのはまだ慣れないんだ」

「はいはい。あたしは慣れてきちゃった」

小林さんが新庄の背中をぺしぺしと叩《たた》く。新庄は照れくさそうに笑った。

普段から互いに下の名前で呼び合っているようだし、どうやらずいぶんと関係は良好らしい。

あれ、けど、新庄って、たしか綾瀬《あやせ》さんへ告白しようとしていたような……。

ちらりと彼を見ると目が合った。彼は目をじとりと細めて立ち上がる。ぐいっと顔を寄せてきて耳打ちしてくる。

「あれからもう半年以上も経《た》ったんだぞ」

呆《あき》れ気味に言われた。どうやら考えていたことがバレていたらしい。あれから、というのは新庄が綾瀬さんに想《おも》いを寄せていると言っていた時から、という意味だろう。もしかして俺ってわかりやすいのかな。

「あ、いや、悪い。そういうつもりじゃ」

小声の、もごもごと決まりの悪い返事になってしまう。いま付き合っている相手が居るのに無粋なことを考えてしまったなと反省。

「ちょっとー、男同士でヒミツの会話っすかぁ？　怪しいなぁ」

小林さんが不満げに新庄をつつく。

「なんでもねーって」

「あやしーなぁ」

二人はじゃれあい始めた。俺と吉田《よしだ》は顔を見合わせてさっさと退散することにした。

観戦経験のある吉田の意見に従って、1塁側の座席の真ん中あたりに腰を下ろす。綾瀬さんには連絡を入れておいた。吉田は牧原《まきはら》さんのようすを見てくると、コンコースへと降りていった。

それにしても半年か、と感慨にふける。

新庄《しんじょう》が綾瀬《あやせ》さんへの好意を俺に明かしてからそれだけの月日が経《た》った。まだ半年と言うべきか、もう半年と言うべきか。

あの時の彼の気持ちに偽りはないと思う。ただ、事実として半年のうちに彼は別の人を好きになり、ああして笑い合うようになっている。当たり前の話だ。フラれた相手のことをずっと想《おも》いつづけなければいけない道理はないのだ。

だからこそ思う。

人の心は移ろうものなんだと。

転んで擦りむいた傷口が治っていくように、木に生《な》ったリンゴが落ちていくように、自然とそうなってしまうだけで。良い悪いの問題ですらない。

新庄の気持ちもあっさりと変わったわけではあるまい。初めは忘れられない時期もあったかもしれない。それでも日々は過ぎ、新しい出会いが訪れたのだろう。

時間や環境の変化で人の心は変わっていくのだ。

だとしたら。

俺はゆっくりと息を吐きだす。

あの人も――俺の母親だったあの人も同じだったのか？

同情するつもりはない。新庄はフラれたあとの話であり、あの人のしたことは不倫だ。

全くもって違う。誠実さを欠いた行動に擁護をする気もなくて。

けれどもしかして、長い結婚生活の中で、初めは見えなかった小さなヒビがゆっくりと大きくなり、巨大な亀裂となって人の心を割いてしまうこともあるのだろうか。

だとしたら――

「浅村《あさむら》、もしかして暑いんか？」

声をかけられて体がビクッと跳ねる。吉田《よしだ》と牧原《まきはら》さんが心配そうにこっちを見ていた。どうやら無事に合流できたらしい。

じとりとした雫《しずく》を頬《ほお》に感じ、そこでようやく自分が拳を強く握りこんで汗を流していたのに気づいた。

「……いや、だいじょうぶだ」

「無理はすんなよー。ほれ」

俺の後ろに座りながら手渡してきたのはスポーツドリンクだ。しかも、冷えていた。

「みんなに、だって。奈良坂《ならさか》さんから」

吉田の隣に座った牧原さんが言った。ということは綾瀬さんも……居ないな。

「綾瀬さんなら、まだ奈良坂さんと一緒です」

「ああ、了解」

久しぶりだし、積もる話もあるのかもな。

「しかし、奈良坂さんは……なんというか。さすがだな」

ペットボトルのキャップを回し開けながら言った。

まったくだ、と吉田《よしだ》、

「噂《うわさ》には聞いていたが、あの気の使い方はもはや達人級だな。怖いって。な、由香《ゆか》」

待て吉田、俺は怖いとまでは言ってないぞ。牧原《まきはら》さんが「そうかもね」と言いながら苦笑している。

それから委員長と佐藤《さとう》さんが来て、すこし遅れて綾瀬《あやせ》さんが来た。委員長たちが俺の隣をひとつ空けて座っていたので、俺の隣に綾瀬さんが腰を落ち着けた。奈良坂《ならさか》さんたちのグループはすこし離れた新庄《しんじょう》の座っていた席の前後あたりを陣取っているようだ。

奈良坂さんと数名の生徒がクーラーバッグのようなものを担いでいた。あれがきっと用意したというスポドリなんだろう。あんなにいっぱいか。

隣に座った綾瀬さんが、俺の顔を覗き込むようにしてから言う。

「……なにかあった？」

驚いた。吉田には気付かれなかったのに。

「平気だよ」

俺は嘘《うそ》をついた。

さっき浮かんだ嫌な想像のことは言わずにおいた。

つまり、どれだけ仲の良いふたりでもいつかは別れてしまうのだろうか、という仮説を。

吉田と牧原さんは付き合っている。新庄と小林《こばやし》さんも付き合っている。

そして俺と綾瀬さんも。

別れるつもりで恋人になった人はひとりもいないだろう。けれど、人の心が移ろってしまうものなのだとしたら、抗《あらが》う術《すべ》はないのだろうか。

試合は投手戦として始まった。どちらも最初の回も次の回も0点で抑えたのだ。

「いい立ち上がりだな」

後ろに座った吉田が言った。

俺は首を回して背後をちらりと見る。

「そうなの？」

「常緑《じょうりょく》学院は地区ベスト4以上の常連だし、甲子園出場経験も豊富な強豪だからな」

スポーツ万能の吉田は、高校野球にも詳しいみたいだった。

「甲子園の出場経験あるのか……」

そう聞いただけでなんだか手強《てごわ》い相手に思えてきた。これが看板の持つ力ってやつだろうか。

「ベストセラー作家の新作と聞いただけで身構えてしまうような感じ？」

「いや、浅村《あさむら》のその例えはよくわからんけど」

「そ、そう？」

「しかも、この世代にはプロ入りを期待されている選手も在籍してるんだってさ。なんて名前だったかな……。覚えてねぇけど。下馬評じゃ、勝つのはほぼ常緑《じょうりょく》だろうと言われてる」

「そうなんだぁ。戦う前からそう言われちゃうのって悔しいね」

隣の牧原《まきはら》さんがほんとに悔しそうに言った。

「ま、こっちは毎年ベスト16未満の成績だからなー」

でも、今のところ善戦できてるわけだ。

「投手がいいんじゃねえかな。常緑もいいけど、うちのも」

そしてそれは捕手のおかげかもなと吉田《よしだ》が付け足した。つまり丸《まる》のおかげということ？

野球に明るくない俺としてはその言葉を信じていいのかどうかわからない。けれど、丸が頑張っていることはこの観客席から見ていてもわかる。

内野席のホームベースに近い側だと、遠目だけれど、ぎりぎり選手たちの表情は見える。もちろん、細かいところまでは無理だけどさ。捕手はキャッチャーマスクを被《かぶ》っているから顔は見えないけどね。

それでもこまめに味方の選手たちに指示出していることはわかるし、動作のひとつひとつがきびきびしていて、ボールを追いかける執念が感じられた。高くあがったファウルボールをマスクを外して追いかける。1塁側、つまり俺たちの見ている目の前まで全力で走ってきて、滑り込みながらミットを出して捕球しようとした。

残念ながら取れずに落球してしまい、悔しそうに唇を噛《か》んだ。

捕手として仲間たちを指揮しながら全力でプレイする丸の姿を見て、俺は正直なところすこし意外だった。昨年まで同じ教室だったときに見た普段の丸は、どちらかといえば達観したような雰囲気で、無駄なことはしないタイプに見えていた。

しかしグラウンドの上で試合に臨む彼の表情は鬼気迫るもので、格上相手ならそりゃあ負ける確率のほうが高いよな、などという諦観などこれっぽっちも感じさせず、死力を尽くしているのが、ファウルのボールに食らいつく姿だけでもありありとわかった。

吉田によれば、水星《すいせい》高校はあまり野球部が上位まで勝ち進んでくることがない高校なので、地区予選における立ち位置はダークホースっぽい扱いなのだそうだ。

確率論だけで言えば勝てない相手。期待しても、応援しても、負ける未来がほぼ決まっているような試合というわけ。

それが0－0の拮抗《きっこう》した試合をつづけている。

どちら側の応援もボルテージが上がる。

水星高校の外野に近い側に陣取った吹奏楽部の周りには、学ラン姿の応援団員、チアガールといった応援部の面々が集まっている。その近くにはベンチ入りできなかった野球部員たちもいた。

もちろんグラウンドを挟んだ向こう側には常緑学院の応援団がいる。こちらとほぼ同じような構成だけれど、もっとも違うのはベンチ入りできなかった部員の数だろう。さすがはベスト4の常連だけあって、100人近い数のユニフォーム姿だった。

「だけど、応援に来てる人数的には同じくらいになるんだね」

俺が客席を見てそう言ったら、吉田《よしだ》がそれはな、と解説してくれた。

曰《いわ》く、彼らにとっては四回戦なんて勝って当たり前の試合、だから応援もまだまだ本気じゃない。対して俺たちはここで勝ったら滅多《めった》にないベスト16なわけで、すでに大盛りあがりなのだった。このモチベーションの差によって、応援に来る人数が拮抗《きっこう》しているということになる。

「なるほどねぇ」

「そーいうのってさー、あれだよ。勝って当然とか言ってる相手を負かすと最高に気持ちいいんだけどー」

委員長が言った。

「まあな。丸《まる》には頑張ってもらわねーと」

吉田が言って、牧原《まきはら》さんも「がんばってほしいね」と同意する。

3回の表もしのぎ切ると、その裏の水星《すいせい》の攻撃でようやくヒットが出た。

これをバントで送って1死2塁。そこで打順が丸にまわってきた。大きな体がバットを
一度二度振ってから打席へと入る。

丸は右投げ右打ちだから1塁側の応援席からだと表情までよく見えた。

そのとき、ひときわ大きな声援が飛んだ。

「まーるー！　いっけえええええ！　やれー！　ぶちのめせー！」

おいおいおい。誰だ？

「ま、真綾《まあや》!?」

えっ。と驚いて綾瀬《あやせ》さんの視線を追うと、新庄《しんじよう》と出会ったあたりの席でひとり大声を張り上げていた女子が居た。しかも立ち上がって。あ、座った。思わず立ち上がってしまったことに気づいたらしい。後ろの席に向かってすまんと手を合わせて謝っていた。

委員長が意外そうな声で言う。

「いやあ、奈良坂《ならさか》さん、熱くなる性質《たち》だったんだねぇ」

「そうなの？」

横に座る綾瀬さんに小声で尋ねると。

「し、知らないよ。私も……初めて見るし」

まあ、綾瀬さんを訪ねてきてゲームしてるときとかはだいぶエキサイトしてたのは見てたけど……。

「3ボール、1ストライクか。バッティングカウントだな」

吉田がぼそっと言った。

なにそれ？　と尋ねようとしたところでキィンという高校野球独特の金属バットがボールを捉える音が響いた。わっと客席が沸く。丸が打った打球は1塁と2塁の間を抜け、外野へと転がっていく。

ライトの選手が追いついたときには、2塁に居た走者は3塁を回ってホームへと突進していた。ライトは全力でホームに返球を——せずに、２塁手に丁寧にボールを返すにとどめた。

走者がホームを駆け抜けた。１点！

ブラスバンドが鳴り響き、応援団の面々が抱き合って喜ぶ。

「悪送球で事態が悪化するのを嫌ったか……冷静だな、あちらさんは」

「吉田《よしだ》……おまえ、解説者になれるぞ」

「任せておけって。野球漫画は読むのを欠かしたことがないんだ」

ソースは漫画だったか……。まあ、初心者の隣に居てほしい人材ではあるか。吉田に声を掛けてよかったかもしれない。

「1点、いま入ったんだよね」

綾瀬《あやせ》さんが尋ねてくる。

「だね。ほら、ボードに点が入ってるでしょ」

センターの奥にあるスコアボードに『1』が表示されていた。

「ほんとだ」

「いいねいいね！　そのままやっちゃえ！」

委員長のテンションが上がっていた。

けれど、後続の打者がつづくことはできず。水星《すいせい》高校の３回裏の攻撃は1点止まりでチェンジとなったのだった。

常緑《じょうりょく》との差は選手層だ、と吉田が言った。

部員数が１００人を超える常緑学院。それだけの人数の中からベンチに入るメンバーは選ばれているわけで、半分以下の部員数しかいない水星に比べれば圧倒的に質が高い。

回が進むにつれ、その差が表面化してくる。

それでも4回までは拮抗《きっこう》したスコアがつづいた。丸《まる》が取った1点は、次の回の表には同点に追いつかれていたけれど、その後は、一方が1点を入れればもう一方が取り返すというシーソーゲームがつづく。

均衡が崩れたのは5回の表だった。

水星の先発投手の制球が崩れた。ボール球を連発するようになり、丸がマウンドの選手に駆け寄って肩を叩《たた》き何か声を掛ける。投手は何度か頷《うなず》くのだけれど、遠目に見ていても顔が青ざめているように見えた。

「代えたほうがいいかもしれねーな……」

ぽつりと吉田が言った。

疲労で制球が甘くなっているのだろうと言う。だったら投手を交代させればいいと考えるのは選手層の厚いチームの発想だ。二番手の投手では、常緑が抑えられるかどうか怪しいぞと吉田が言った。

そこで代えずに続投させたものの、四球で満塁になってしまう。

「ああ、やっぱり交代だな」

吉田《よしだ》が言う通りベンチから出てきた選手が球審に何かを告げに走っていった。

高校野球では監督が居てもベンチから出てくることは禁止されているらしく、指示を伝えるのは選手になるのだそうだ。

項垂《うなだ》れながらマウンドを降りていく投手に、丸《まる》がぽんと肩を叩《たた》いて何事かをささやいていた。服の袖で何度か目許《めもと》を拭っていた。ベンチへと引き上げてくる投手の顔が涙で歪《ゆが》んでいるのを見てしまい、胸を締めつけられる。

このまま負けてしまえば、彼にとって、高校時代の野球の想い出《おもいで》はこのマウンドを降りる姿になるのだ。もちろん、それは相手に対しても同じことが言えるし、スポーツというものの性質ゆえにどちらかが勝てば必ずもう一方は苦い敗戦となるわけだが……。

そして、俺たちは選手層の厚さが勝負を決めるという吉田の言葉を噛《か》みしめることになった。

代わってマウンドに立った二番手の投手は、最初の投手よりもさらに制球に難があった。立てつづけにボール球を3つ。バッティングカウント、つまり打者が有利とされるカウント（吉田に説明してもらった）になってしまう。

そしてストライクを取りに行こうと甘くなったボールを左利きの打者にライト方向に思い切り引っぱたかれた。水星《すいせい》高校応援席から悲鳴があがる。一塁線上を破った打球は転々とライトからかなり離れた位置に転がった。ようやっと追いついたときには走者がことごとく生還していて、一気に3点を取られてしまう。走者一掃の2塁打だ。

「あぁ～～～～～」

委員長も佐藤《さとう》さんも失意の声を漏らした。

俺はスコアボードを確認する。「7－3」。

「4点差か……」

悔しいが確かに強い。

こちらの力がわずかに落ちたところで一気に流れを持っていかれた。

ようよう3アウトを取ってベンチに引き上げてくる部員たちの表情が暗い。その背中に丸が檄《げき》を飛ばした。ブラスバンドと声援に紛れてしまい何を言ったかまでは聞き取れない。

それでも部員たちは首を振って自分たちの弱気を払おうとしていた。

ベンチに座る前に丸が立ち止まり振り返る。

スコアボードを睨《にら》みつけた。

「丸……」

その裏の攻撃は丸からだった。

走者なし、という状態で丸が打席に向かう。

背中を向けたまま歩いていく丸に向かって声援が飛ぶ。

「まぁぁぁぁあるぅぅぅぅ！　がんばれー！」

奈良坂《ならさか》さんの声だ。

ブラスバンドの音楽の切れ目を縫って発せられた声が響いた。ひときわでかい声だった。

「すげえ声量だな……うちの応援団長は」

呆《あき》れたように吉田《よしだ》が言った。さすがは奈良坂応援団の団長という意味だ。

「せーの」

委員長の声が背中のほうから聞こえ――。

「「「まーるさ――――ん！　がんばって――――！」」」

委員長と佐藤《さとう》さんと牧原《まきはら》さんが声を合わせて声援を飛ばした。

聞こえたのだろうか、丸《まる》が振り返った。視線をさ迷わせて声の主を探している。たまたま俺とも目が合った――気がした。にやりと笑みを浮かべた……ような？　丸は、親指をぐっと立てて打席に向かっていく。

バッターズボックスに立つと、丸は強豪校の相手投手を睨《にら》みつける。いつも優しさを讃《たた》えている瞳にそのときだけは強い光が宿っていた。視線が吸い寄せられる。息をするのも忘れて俺は丸の姿を見ていた。マウンド上の投手が大きく腕を振り上げるワインドアップモーションと呼ばれる投球動作を始める。

脚を振り上げ、胸元を反らして指先に集めた力をボールに込めて解き放った。

素人の俺の目から見るとかなり速い。たぶん、あんな球をバッティングセンターで投げられたら俺ではバットにかすりもしないだろう。

投げられたボールを追って、俺の視線は丸へ。

一瞬だったに違いないが、集中力を増して見守っていた俺の目にはまるでスローモーションのように映った。バットを引いて胸元に入ってきた球に向かって思い切り叩《たた》きつける。

快音が響いた。

弓なりに弧を描いた打球はセンターを越えてぽとりと落ちる。

大きな体をしならせて丸は走った。1塁を駆け抜け、ボールが返ってくる前に次のベースへと走り込んでいた。2塁打！

水星《すいせい》高校応援席が沸き返った。

「すごいすごい！」

「やったあ！」

ぽん、と腰のあたりを叩かれる。

はっとなって振り返ると、綾瀬《あやせ》さんがにこっと笑顔になった。

「よかったね、いまの」

「ああ……」

すとんと腰を落とした。思わず立ち上がってしまっていたのだ。

2塁ベースの上で丸はガッツポーズを取っていた。

応援に熱が籠った。

その回に1点を返したものの、7回表に1点を入れられてしまう。

後半にマウンドにあがった投手が点差を守りきれずに突き放され、そうなったときに水《すい》星《せい》高校にはもう追いつく力は残っていなかった。

終わってみれば8対4で常緑《じようりよく》学院の勝ち。

審判が試合終了を知らせ、三振に終わった最後の打者ががくりと膝をついた。

向こう側の応援スタンドは蜂の巣をつついたような大騒ぎになっている。

整列して礼を交わし、選手たちが引き上げてくる。あの丸《まる》がチームメイトと涙を流して悔しがっていた。

選手たちが一列となって応援席のほうへとやってくる。

自分たちを応援してくれた応援団。吹奏楽部やチア部たち、補欠だった部員たちや家族たちに向かって深々と礼をした。拍手が鳴り響く。

「真綾《まあや》……」

綾瀬《あやせ》さんの視線を追うと、最前列まで駆けおりていた奈良坂《ならさか》さんが立ち尽くして選手たちを見ていた。

あれだけ大声を張り上げて声援を送っていたのに、今は何も言わずに黙って見つめていた。唇を噛《か》みしめて彼女自身も悔しそうに見える。

けれど、その表情は一瞬で消えて。

奈良坂応援団のほうへと振り返ると、声を張って叫ぶ。

「みんなー！　健闘を称《たた》えよう！　ほらほら、せーの！」

奈良坂さんの声に応じるように、口々に「ナイスファイトだったぞ！」とか「よくやった！」と声援が飛ぶ。

その声を背にして、奈良坂さん自身も「おつかれさまー！」と選手たちに声をかけて拍手を送っている。

「いい試合だったな」

吉田《よしだ》が立ち上がって拍手を始めると、牧原《まきはら》さんたちも立ち上がった。スタンディングオベーションってやつか。

「そうだね」

俺も立ち上がり両の手のひらを打ちつける。

選手たちがグラウンドを立ち去るまで拍手を止《や》めなかった。


駅でみんなとは別れた。

マンションまでの帰り道を綾瀬さんと並んで歩く。

この時期の日没は夜の7時頃。ビルの向こうへと太陽は沈みつつあったけれど、空はまだ蒼《あお》かったし気温も高かった。それでも、息苦しささえ感じる空気の重さはすこしだけ和らいでいる。こうして歩いていても辛《つら》くはない。

ただ知らず知らずにけっこう体を動かしていたようで、プールから出た後の気怠《けだる》さに似た感じを味わっていた。

「疲れた？」

脇を歩いている綾瀬《あやせ》さんが覗き込むようにして俺の顔を見る。

「あ、いやそんなことはな……。いやけっこう疲れたかなぁ」

そう返したら、綾瀬さんはくすっと笑った。

「俺、いまなんか変なこと言った？」

「言ってないよ。自覚ないんだなって思っただけ」

へ？……どういう意味だろうか。

綾瀬さんが両手を組んでから頭の上にあげて伸びをする。むき出しの、細くきれいな腕が空に向かって伸びてゆき、細めた瞳がふりあげた腕に隠れる。声が漏れた。

「ん〰〰〰〰〰っ！」

腕を脱力させて下ろすと、がくっと項垂《うなだ》れた。

「はぁぁ」

「そっちもお疲れみたいだね」

「そうだね。うん。ちょっと疲れたかな」

球場の最寄り駅は、渋谷《しぶや》から4つ先だから、電車で10分ほど。さほど遠いわけでもないけれど、ほぼ丸1日を費やしてしまったのだから疲れもするだろう。

大通りから小路《こみち》へと入る。

角をひとつ曲がって住宅地へと入ると、人の流れは減ってまばらになった。

緑が濃くなった公園を抜けるとき風が吹いて俺は思わず息をついてしまった。気持ちい風だなぁ。綾瀬さんの伸びた髪が夕暮れの風に揺れていた。

「そういえばさ」

ん？　という顔をして綾瀬さんが俺を見る。

「球場を出る前に奈良坂《ならさか》さんとどこかへ行ってたよね？」

奈良坂さんのグループは大所帯だったたし、打ち上げもすると言っていたから、片付けを手伝った後で、俺たちのグループは先に球場を出た。

ただ、出る前にちょっと来てくれと呼ばれて綾瀬さんと奈良坂さんはふたりでどこかに行っていたようなのだ。

「あー、うん。ちょっとね。私の用事じゃないし、プライベートだから秘密ってことでいいかな？」

「ああ……。了解」

綾瀬さんの用事ではないってことは奈良坂さん絡みか、奈良坂さんのグループの誰か絡みということだろうか。プライベートだと言われてしまうと、それ以上を問いかけるのも遠慮したほうがいいだろうな。親しき仲にも礼儀ありだ。

恋人だからといって、何もかも共有しなければいけないということでもない。

気にはなるけどね。

公園の端のほうで親子がキャッチボールをしていた。

父親のほうがすっかりバテていて、そろそろやめようよと子どもに促すのだけれど、小学生くらいの男の子はまだまだ元気なようで、やだーと言いながらボールを投げつづけている。男の子は夏休みだけれど、お父さんは社会人だから平日で、おそらくは帰宅直後のはずだ。

お疲れさまです。

「浅村《あさむら》くんは太一《たいち》お義父《とう》さんとああいうことしたの？」

綾瀬《あやせ》さんが言った。俺と同じ親子を見ていたようだ。

「キャッチボールのこと？」

頷《うなず》かれた。

「いや、俺は昔から家で本を読んで過ごす子だったからなぁ」

もちろん親父《おやじ》がこんな早くに帰ってこれるような状況ではなかったというのもある。定時で終わらせて六時近くにはもう家にいる、なんてことは俺の覚えてる限りではなかった。

まあ、その忙しさが実母を浮気へと駆り立てたというのもあるんだろう。

亜季子《あきこ》さんと結婚してから、ときどきすごく早く帰ってくることがある。ちょっと寄り道をして帰宅したら、もう家に居て出勤直前の亜季子さんと仲良く食事してたりとか。

ああいうのも過去の経験からの反省なのかもしれない。

「スポーツは親父がたまにテレビで見る程度で、俺はなにもやってきてないかな」

「そうなんだ。でも、私よりも野球詳しかったよね」

「どうかな。野球の知識なんて漫画と小説から得たものだけだしなぁ。野球漫画も昔よりすくなくなったっていう話だし。サッカーのほうがもうちょっと詳しいかも」

「そうなんだ」

「吉田《よしだ》が居てくれて助かったよ。わからなくてもすぐに聞けば教えてくれたからね」

そういえば綾瀬さんも野球観戦は初めてだと言ってたっけ。

「綾瀬さんは、どうだった？　楽しめた？」

俺の問いに綾瀬さんはちょっと考えてから口を開いた。

「うん。そうだね。楽しかった。頑張ってる人たちを見るのはいいね。あと、手に汗握る展開で興奮した」

「まあ、途中から一方的になっちゃったけどね」

「浅村くんは？」

「まあ、楽しめたかな。あと……」

俺は試合を思い返した。

「丸《まる》がまるで別人みたいに見えたのが意外だったかな」

俺の言葉に綾瀬さんも頷いた。

「そっか。ああいう丸くんって浅村くんも見たことがなかったんだ。私も何度か浅村くんと一緒にいるときに会ってるけど、ああいう一面があるってわからなかったよ」

「そう、だね。あいつ、いつも余裕を見せてるから。それだけ相手が強豪だったってことなんだろうけど、必死になってる丸《まる》って珍しいと思った。見ている俺も思わず熱くなってしまって体も動いていたから、冷静になって考えるとカッコ悪くてみっともない姿を晒《さら》してしまったかもね」

あまり深く考えずに言ってしまった台詞《せりふ》だったのだが――。

「それ、丸くんの姿もカッコ悪く見えてたってこと？」

綾瀬《あやせ》さんに言われ、俺ははっとなった。

勝てない、と周りから思われている相手に、必死に喰《く》らいついていた丸たちの姿が脳裏を過《よ》ぎる。彼らを俺はみっともないとか思っただろうか。

「そんなことはない。ないよ」

「じゃ、そんな彼らを夢中になって応援してた浅村《あさむら》くんだって、別にみっともないなんてことないんじゃない？」

公園を吹き抜ける夕暮れの風は木々を揺らしてかすかな葉擦れの音まで俺の耳に届けてくる。それに混じって聞こえてくる綾瀬さんの声には、静かに諭すような響きがあった。

ざわついた俺の心に穏やかさが戻ってくる。

「でも……なんていうか。そういうことを自分がするなんて思ってなかったから」

「それはね。カッコ悪いって思ってるんじゃなくて、照れくさいってことじゃない？」

綾瀬さんはもちあげた片手をいちどぎゅっと握ってからぱっと開いた。

「手、つなぎたいんだけど。いい？」

いきなり言われて俺は戸惑った。思わず自分の手を見下ろしてしまう。

手のひらがじんわりと汗ばんでいることを自覚する。いつも以上に湿りけを意識してしまい、どうしようと躊躇《ちゅうちょ》して……。

「ん」

綾瀬さんにぐっと手を差し出された。さすがにここまでされては後に引けない。

その手のひらを俺はそっと握り込む。

つないだ手をふたりの間に下ろす。

いつの間にか立ち止まっていた俺たちは、そのまま歩き出した。綾瀬さんがぽつぽつと喋《しゃべ》る。

「一生懸命応援してる浅村くんもさ――」

繋《つな》いだ手が俺と綾瀬さんの間で揺れる。

「私は――かっこよく見えた、から」

歩調を合わせて俺たちは帰り道をゆっくりと進む。自分の手のひらの熱と彼女のそれが混ざり合う。ひとつの熱となって俺たちの間で揺れていた。

「負けちゃって、残念だったね」

「ああ」

「丸くんはこれからどうするのかな。負けちゃうと、プロってなれないの？」

「どうかな……。まあ、勝っても、プロ選手とかになるのは、ひとにぎりの人間だけだとは思うけど」

「私、野球はぜんぜんわからないんだけど、でも、丸《まる》くんがあのチームを引っ張ってたのはなんとなくわかる。だって、他の選手たち、ずっと丸くんのこと見てたから」

「そうだった?」

「グラウンドに出てくるとき、引っ込むときとか、丸くんっていつも最後だったでしょ」

言われて思い返してみる。

正直、そんなこと意識してなかったからぜんぶは覚えていない。いちばん鮮明に記憶に残っているのは常緑《じょうりょく》に走者一掃の2塁打を打たれて一気に3点を取られた回のことだ。

マウンドのピッチャーを励ましてから周りに檄《げき》を飛ばし、ゆっくりとベンチに引き上げて行ったとき丸は確かにみんなの後ろから歩いていた。

いつだっけか、丸が言っていた。捕手というのはチームの指令塔だと。捕手だけが試合中に唯一、チーム全員の顔を見ることができるポジションなのだと。グラウンドに出てくるときも、引っ込むときも、丸は常にチーム全体に目を配って見ているのだろう。あのときのベンチに座る前に丸は一瞬だけ振り返ってスコアボードを睨《にら》みつけていた。

丸の表情だけはくっきりと覚えている。

「で、他の人たちって丸くんを待ってる間、ずっと彼を見てた。出てくるときも、引っ込むときもそう」

「よく見てるなあ」

綾瀬《あやせ》さんは俺よりもよっぽどスポーツ観戦が得意なんじゃないだろうか。

俺は見てなかったから綾瀬さんの言葉が本当なのかはわからない。でも、たぶん綾瀬さんの言うとおりだったのだろう。

「丸が選手全員に気を配っていたように、他の奴《やつ》らも丸を見ていたってことか」

「頼りにされてたんだと思う。だからええと……他の選手たちにも丸くんの真剣さが伝わってってカッコよく見えてたんじゃないかな」

綾瀬さんの言葉にふたたび気づかされる。球技大会のときに思ったことだ。高校の球技大会に「すごい」を求めるのはちがうだろうし。「かっこいい」ってなんだって。

すごいからかっこいい。そういう場合もあるだろう。

じゃあ、負けた試合の選手はカッコ悪いのか？

手を開いて、握って、握りしめる。

試合を観《み》ていたとき、俺は我知らずに手を握りしめていた。思わず立ち上がってしまっていた。丸の姿から彼のもっている試合に賭ける熱量が伝わってきて、俺はたしかにあのとき心をつかまれていた。

——丸くんの真剣さが伝わっててカッコよく見えてたんじゃないかな。

綾瀬さんが言う。

「もちろん、他の人たちだって、敵の選手だって真剣なんだと思う。でも、それを周りに伝えることができる。かっこいいと思わせることができたから、それを見て頼れるって思ったんじゃないかな。そういうことってできて普通なのかどうかとか、私にはわからないけど、でも、ひとつのチーム全員をその姿を見せることで引っ張ってたんだなって」

丸《まる》の見せた野球に対する熱量が、野球に興味のなかった綾瀬《あやせ》さんにも伝わったということだった。

「だからきっと、他にもカッコいいって思った人、いっぱいいると思う。ああして夢中になって何かをしてる姿を見て、カッコ悪いなんて私は思いたくないし。きっと他にもそう思った人は居る。っていうか、居るの知ってる」

ないしょだけど、と付け足した。

繋《つな》いでいる手をぎゅっと握ってから、綾瀬さんは俺を見つめてくる。

「無駄じゃなかったって思う。誰かには伝わったよ、たぶん」

「だといいな」

諦念に負けて踏みとどまりがちな俺に比べれば、丸は確かにどこかに向かって踏み出したんじゃないだろうか。

いつのまにか空は茜色《あかねいろ》に変わっていた。

夕焼けに照らされた綾瀬さんの横顔を見て、俺は「この人の目にカッコよく映りたいな」なんて柄にもないことを思ってしまったのだった。

俺はいつも踏み出すことを恐れて踏みとどまってばかりだから。

●7月22日（木曜日）　綾瀬沙季《さき》

隣に座る浅村《あさむら》くんが立ち上がったのが視野の端に見えて。

大きな声で彼が親友の名を叫ぶのを聞く。

カァンという金属音が鳴ったのはその瞬間だった。慌てて私は視線を緑の芝生のほうへと戻した。ボールはどこ？　見つけた！　青い空と白い雲に交ざって見えなかったボールは芝生の上をバウンドしてようやく捉えることができた。扇状に広がった外側の真ん中あたりを転がっていて、相手の選手が必死になって追いかけていた。

すでに走り出していた丸くんは、ダイヤモンドの形に引かれた白線の上を駆けて2個目の角のところまで辿《たど》りつく。

ヒット？　ヒットっていうんだよね、あれ。

私は喜んでるだろう浅村くんのほうへと顔を向ける。そして、彼が立ち上がったまま大声を出すのを目の当たりにしてしまった。

「やった！」

見たことがない表情と仕草だった。ほんとうに嬉《うれ》しそうに拳を振り回している。あっけにとられていた私の口角があがる。こっちまで嬉しくなった。よかったね。

ぽん、と彼の腰のあたりを叩《たた》いたら、はっとなって振り返った。私は微笑《ほほえ》みかけながら言う。

「よかったね、いまの」

浅村《あさむら》くんは驚いたような顔をしてからすとんと腰を落とした。どうやら自分が立ち上がってしまっていたことに気づいていなかったようだ。

試合はもう終わりのほうに差し掛かっていて、丸《まる》くんはヒット（2塁打というらしい）を打ったものの、そのあとの味方が打てずじまいで得点は1点しか返せなかった。

そのときにはもう3点も差がついていたのだけれど。

さらに、次の回で向こうに1点を入れられて、突き放されてしまう。

そのまま試合は終わった。

8対4。水星《すいせい》高校の負け。

整列してからベンチのほうへと引き上げてきた選手たちはそのままスタンドのほうまで歩いてきて頭を下げた。

真綾《まあや》が音頭を取って、私たちも立ち上がって彼らの健闘を称《たた》えたんだ。

スマホが震えて、真綾からメッセージが入った。

【撤収作業のあと、ちょっと出てこれるかな？】

顔をあげると、スタンドの前のほうにいる真綾が手を振っていた。

広げていた飲み物を片付けると、浅村くんたちに理由を話して行ってくると告げてからコンコースに出た。

真綾《まあや》と合流する。彼女たちのグループも片付けを終えたようだ。

「みんなー。今日はお疲れさま！　ありがとう！」

返事を待ってから真綾は言う。

「駅前で、お疲れさま会やるから、参加する人は先にお店に行っててー。このあと用事がある人はここで解散ってことで！」

了解、の声。

「お疲れさま会とかやるんだ？」

「夏休みに出てきてくれたんだし、ちょっとくらいおしゃべりしたいじゃん？」

「なるほど」

「で、さ。選手控え室のあるほうの通路で丸《まる》くんたちを待ち伏せしようと思うんだけど、沙季《さき》もついてきてくれない？」

花束を抱えた真綾に言われて戸惑う。

それはもしかして出待ちってやつですか。でも、迷惑じゃない？　部活だと、終わったあともミーティングとか、それこそお疲れさま会とかあったりしない？

「部には話を通してあるからだいじょうぶ。みんなからの差し入れ渡したいだけって」

そう言って、花束を持ち上げて見せてくる。なるほど、真綾応援団の代表というわけね。

「だったら、浅村《あさむら》くんたちも呼んでくればよかったね」

そう思ったのだけれど、真綾は「ちょっとね」と口を濁して、私だけでいいと言う。

「お願い！　これ渡して、ひとこと声かけるだけだし！」

わかったと言って付き合うことにした。時間も掛からないみたいだし。長くなるようなら、メッセージを入れよう。そう思いながら、真綾の後ろを付いていった。私は丸くんとそこまで親しいわけじゃないんだけどなぁ。だいじょうぶかな。気まずくならないかな。

コンコースをすこし行った先に1階へ降りる階段があって、降りると、選手たちの控室へと繋《つな》がる通路があった。ずかずか近づいても邪魔になるかもということで、出口のほうで待つことに。

ほどなくして選手たちが顔を見せた。

さすがに顔の広い真綾は野球部にも知り合いが多いようで、お疲れさまと言葉を交わして通っていく。何人かは気を利かせて「丸？　呼んでこようか？」と言ってくれたのだけれど、待ってるからだいじょうぶと言って真綾は断った。

丸くんが出てきたのは最後だった。控室の中を何度も確かめるように振り返っては最後に部屋の中に一礼してから出てきた。すこし俯《うつむ》きながら歩いてくる。

私たちに気づくと、かすかに口の端を曲げて笑みのような表情を浮かべる。

「おつかれさま」

真綾が声を掛けながら花束を渡した。

丸くんは目を瞠《みは》って意外そうな顔で花束を受け取った。

「わるいな」

「応援にきたみんなからだよ。野球部の人たちにって。キャプテンなんだから丸《まる》くんが受け取って」

「ああ」

邪魔にならないよう通路の脇に寄りながら丸くんは花束を眺める。

ひとつ息を吐くと、しばらく黙ってから口を開いた。

「まあ……強かったよ」

そう言ってから、またすこし黙る。

「相手が強すぎた。応援に来てくれたのにすまん」

苦笑いをするのだけれど、目許《めもと》が赤く腫れていて出てくるまでに散々泣いたのだろうなとわかる。それでも、丸くんはいつでも最後に出てくるのだ。みんながちゃんと行動するのを見守ってから。

真綾《まあや》が1歩前に出て、俯《うつむ》き加減の丸くんの顔を下から覗き込むようにして言う。

「まー、わたしたちは勝手に応援に来ただけだし？　そんなの気にしなくていいんだよん。うん、わたしは見てておもしろかったし。満足満足！」

声のトーンを高くして言ったのだけれど、いつもの真綾の声よりもちょっとばかり高くなりすぎてて、無理して出しているのがわかってしまう。

「私も……おもしろかった。野球の観戦って初めてだったけれど」

「ほらほら。沙季《さき》が言うんだから間違いないでしょ。わたしが言うと信憑性《しんぴようせい》ないかもだけど！」

「まあな」

「ええっ⁉ 酷《ひど》い！ そんなこと言うんだー。いやそもそもさ、丸の助が4打数8安打してれば勝った試合だったじゃん！ ぶー！」

「おい。どうすれば打席数よりヒットの数を増やせるのかわからんのだが」

「ボールを2個使用します！ そして、両手両足が2本ずつ増えれば物理的には可能！」

「このマッドサイエンティストめ。奈良坂《ならさか》、おまえとは物理的という言葉の意味をいちど真剣に議論せねばならんようだな」

「受けてたーつ！」

軽口を叩《たた》き合うふたりを見て、私は仲良いなぁと思った。いつのまにこのふたりってこんなに仲良くなったんだろう。

胸を張ってふんぞりかえった真綾を見て、丸くんが目を細めて笑った。その顔が次の瞬間にくしゃりと歪《ゆが》む。

「はは……ほんと、おまえってやつは……」

いちど天井を見上げて何かを堪《こら》えると、丸くんは不意に私のほうを見た。

「なぁ。綾瀬《あやせ》」

「なに？」

「浅村《あさむら》はどうだった？」

「え、浅村《あさむら》くん？」

「隣で一緒に見ていたんだろう？」

「えっと……」

それはまあ……一緒だったけど。

「丸《まる》くんさ。前から、浅村くんに自分の試合をいちど観《み》てほしいって言ってたんだよね」

そうなんだ？　でも、それなら直接誘えばよかったのに。

「浅村だけ誘うと、あいつはひとりで観にやってきそうでな」

「それじゃだめだったわけ？」

「そうだな……観てほしいってのもあったんだが、俺を観てるあいつを見ててくれる奴《やつ》もほしかったってことだ」

丸くんを観てる、浅村くんを、さらに見てる人ってこと？

わからなかったから、小首を傾《かし》げてしまう。

「まあ、わからんか」

そう言ったあとで、丸くんはコンコースの脇に空いている窓から外のほうへと視線を投げる。夏が、蝉《せみ》の音とともに日差しの下に広がっていた。

「綾瀬《あやせ》はＷＢＣと言ってわかるか？」

「わからない」

素直に答えたら苦笑されてしまった。だから、私はスポーツにはまったく関心がなかったんだってば。オリンピックさえ見たことがない。

「ワールド・ベースボール・クラシックの略だ。まあ、野球の世界一を決める大会だな」

「わーるど……。ええと、つまり野球の大きな試合なんだね」

「まあそうだな」

丸くんが語ってくれたのは子どもの頃の話だった。

地上波のアナログ放送が終了して、そのすこしあとだという。液晶テレビが普及して、大画面の美しい放送が目の前で誰でも見れるようになったあたり。丸くんの家にもその年の夏に大型テレビがやってきて、当時からアニメ好きだった丸くんはすっかりテレビの前に張り付く子どもになった。

その年の秋。WBCがあった。

家族揃《そろ》ってテレビ観戦していて、アニメが見られずに不満だった丸くんだったが、すぐに野球というスポーツのとりこになってしまう。

世界と戦うプロ選手たちの姿が丸少年の目に強く焼きついた。

球場を狭しと駆けまわり、投げて、打つ。息詰まるような投手戦もあれば、豪快な打撃戦もあった。残念ながらその大会では日本は優勝できなかったのだけれど、小さな白球を追って戦う姿は彼の心に深く影響を与えたのだった。

観ていてわくわくするような。手に汗を握りハラハラするような。

どんな娯楽にも勝るとも劣らない気持ちを画面を通して感じた丸少年は、いつか自分も同じように誰かを野球を通してわくわくさせたいと思うようになったという。

「そんなことを考えて野球をやってたんだ……」

「いいや」

えっ、と思わず声が出た。ちがうの？

「野球をすることが好きだったから続けてはいたが、そんなことを常に考えながらやっていたわけじゃなかった。子どもの頃ならばいざ知らず、上達すればするほど、プロ選手との力の差を感じてしまってなぁ。俺には無理じゃないか、と。だから、次第にそんなことは考えないようになっていた、というのが実際のところだ」

「そう……なんだ」

三人ともしばらく黙ってしまった。

「で、だ。色々あって、つい最近になって初心ってやつを思い出した。まあ、三者面談とかあったからな」

どうしてそんな昔のことをと思ったら、丸《まる》くんも将来の自分の志望を考えだしたからということだった。

高校3年生。誰しも将来の自分のあり方について考え始める。

「ちょっと前にも浅村《あさむら》に話したことがある。プロのスポーツ選手に必須のものとはなんだと思うか、とな」

「えーと……才能？」

そう答えたら、丸くんはくっくと笑った。

「おまえたちは……ほんとに似た者同士だな」

「なんのこと？」

「あ、まあ、こっちの話だ。では、綾瀬《あやせ》よ。才能とはなんだ？」

「その職業をこなすために必要な能力」

即答したら、丸くんは深く頷《うなず》いた。

誤解されがちだが、「才能」という言葉は遺伝子とか生まれとかに由来する能力を指す言葉ではない。これはお母さんに聞いたことがある話で、生まれに基づく能力の場合は、天賦の、という枕詞《まくらことば》がつくのだと。

そういう枕言葉を付けねばならないということは「才能」という言葉そのものは生まれとは関係ないのだ。

必要に迫られてバーテンダーの能力を必死になって身に付けた母ならではの言葉だった。

職業を続けていくために必要な能力。

遺伝子の影響が能力の大部分に影響する職業もあるけど、とも母は言ったけど。

まあ、バーテンダーにとっての遺伝子の影響ってあるのかどうかわからないけど。

「いい答えだな。だが、それは答えになってないとも言える。俺も以前は似たようなことを考えていたことがあった。だから、プロ選手との彼我の技術の差が気になった」

「うん、わかる」

私がいくら料理が好きでも料理人を目指す気にならないのは、自分のもっている程度の技術力では足りないだろうと考えてるからだ。まあ、必要なだけの能力を獲得しようという気もないけど。私は自分が美味《おい》しいと思えば充分だから。

ええと、私の料理と同じように丸《まる》くんも好きだから続けていたってこと？

「だが、それだけじゃないと俺は思うようになった。浅村《あさむら》にも言ったんだが、俺は、プロに求められるのは『金になる活躍』ができるかどうかだと思ってる」

そこで真綾《まあや》が口を挟んだ。

「お金を払っても観《み》たいって思えるかどうかってこと？」

「そうだな。そうだ。だから、スカウトの目にも留まる。ファンも付く。華がある、ってやつだな。上手《うま》いことは必要条件だが、充分条件ではない」

「まーた、丸の助は難しいことを」

「難しいからしかたない。そしてこれも浅村に言ったことだが、俺は自分のプレイが技術もだが、観ている客にとって魅力あるものなのかどうか自信がない」

丸くんがそこまで言って、ようやく私は彼が何を私に期待していたのか理解した。

「要するに、自分のプレイする姿を誰かに見てもらいたかったし、そのときの様子を教えてほしかった」

丸くんが頷《うなず》いた。

「集まった観客全員の、とは言わん。それができるくらいなら俺のプレイはもう誰かの目に留まってるだろうしな」

もちろん、それをまったく期待してないというわけでもないのだろう。

「だがな。友人の心を打つくらいのプレイはしてみたいものじゃないか。高校最後だしな。俺はこの野球に注ぎ込んだ高校生活に悔いを残したくなかったんだよ」

丸くんは静かにそう言うと、私に向かって問いかける。

「どうだった？」

「そう……だね」

嘘《うそ》を言っても始まらないし、嘘を言うつもりはない。私は自分が見たままの浅村くんの姿を語った。

静かに見ていた浅村くんが丸くんが打ったときに思わず立ち上がって歓声をあげていたこと。最後にアウトになったときの自分のことのように悔しそうな顔。そんな彼の表情を見るのは初めてだったこと……。

丸くんは黙って聞いていて、「そうか」と言った。

「できれば、勝って見せつけてやりたかったがな。まったく不甲斐《ふがい》ない」

真綾が口をとがらせて言う。

「いいじゃん。頑張ったんだし！」

「あのな。勝負事に頑張ったは意味がないんだ。頑張りを競ってるわけじゃない」

「えー」

不満そうな真綾《まあや》に丸《まる》くんが肩をすくめる。言ってることはわかる。頑張りを競う大会なわけじゃないってことは。でも――。

「でも、丸くんが子どもの頃に見たその……WBCだっけ？　その大会で日本は勝てなかったって言ってたよね」

「ああ、3位……だったかな」

「その試合を観《み》て丸くんが野球を始めたのはなぜ？」

そう言ったら、丸くんは虚を突かれたという顔になった。

「まあ……それは、必死になって勝とうしていた姿に心を打たれたっていうか……」

「じゃあさ。丸くんの試合のときの姿が浅村《あさむら》くんの心を打ったとしてもおかしくないし、不甲斐《ふがい》ないとか言わなくてもいいんじゃないかな。それとも……必死じゃなかった？」

「そんなことはない！」

思わずという感じで大きな声が出てしまったようで、丸くんは慌てて口を閉じた。

ぽんぽんと、丸くんの大きな背中を真綾が叩《たた》く。

通路の向こうから、おーい丸ぅ、と部員たちが呼ぶ声がする。どうやらちょっとばかり長く話しすぎたようだった。

「そろそろ私たち帰るから」

「お、おう。……花束感謝な、奈良坂《ならさか》」

「もう一声！」

「えっ」

「そんなありきたりで他人行儀な感謝の言葉はつまらないよー。やりなおし！　ほーら、なんかあるでしょ！　真綾姫とか真綾さまとか！」

「おま……！　あほか」

呆《あき》れたような顔をした丸くんはそっけなく背を向けると、部員たちのほうへと向かって歩きだした。

「ひどっ！　ひどくなーい？」

「感謝してるって言っただろ……真綾」

そう言って、大股で歩き去った。

「じゃ、私たちも帰ろう。行くよ。……真綾？」

「こ、こっち見んなし！」

なぜか真綾は真っ赤になっていて、顔を明後日《あさって》のほうへと向けている。凍りついたようにしばらく動けなかった。

……浅村くんたちを待たせてるんだけどな。

丸くんの背中が消えると、狭い１階の通路は私と真綾だけになった。

四角く穴を空けただけの通路の窓からは生ぬるい風が吹き込んでくる。

「そろそろ、行こうか」

「あー、うん。待たせてごめん」

真綾《まあや》が言って私たちは2階通路へとあがる階段を目指して歩き出したのだけど。

数歩ほど歩いたところで真綾が立ち止まってしまった。

気づいて慌てて戻る。

「どうしたの？」

俯《うつむ》いている顔から雫《しずく》がぽたりと床に落ちる。コンクリートの灰色の床に小さな雫がまるで墨汁のように丸い染みをつくった。

「真綾……？」

顔を覗き込もうとしたのだけれど、そのまま真綾は私の胸に顔を埋《うず》めてしまった。

嗚咽《おえつ》が漏れる。

「悔しいなぁ。悔しかったよぅ」

「真綾」

この子が泣くのを見るのは初めてな気がする。大声をあげるわけでもなく、押し殺した声で胸に顔を埋めて泣き続ける友人に私はどうしていいかわからずただ背中を撫《な》でることしかできない。

ぽつりぽつりと真綾が泣きながら話してくれた。

丸《まる》くんがこの夏の大会に向けてどれだけ努力してきたかってことを。どうしてそんなに詳しく知っているのかわからなかったけれど、真綾はそれを語って聞かせてくれた。

寒い冬の日もまだ夜が明けないうちから始めていたランニング。わずかな休日に会っても、疲れていて喫茶店で突っ伏して寝てしまったこと（会ってたんだ、そんなとこで）。好きな深夜アニメのリアタイも我慢して睡眠時間を確保していたし、イベントも参加しなかったと。

「イベント？」

「コミケも行かなかったんだよ！　あの丸《まる》くんが！」

よくわからないがそういうイベントがあるらしい。大会の為《ため》に頑張ってきた丸くんに感情移入していたので、負けたのが自分のことのように悔しいのだと……。

「でも。でもさ。本当に泣きたいのはあいつじゃん。だからさ――」

彼の前では泣くわけにはいかないから耐えていたのだ。

窓の外から聞こえているやかましい蝉《せみ》の声が静かに泣く真綾《まあや》の声をかき消してくれた。太陽を雲が隠して、日差しが陰る。差し込んでいた光が消えて、床に落ちた涙の後も見えなくなる。

「沙季《さき》ぃ……」

「はいはい。なんですか」

「ついてきてくれてありがとぅ」

「わかったわかった」

背中を撫《な》でてやる。けれど、なかなか真綾の泣き声は止まらなかった。

——まあ、私ができることはこれくらいだし。

親友、と呼ぶには私は彼女の傍《かたわ》らに居てやれてなかった。真綾と丸くんがこんなに深く知り合っていたことも気づかなかったのだから。

「うぅ……ぐす。沙季ぃ」

「んー？」

「あいつさあ、がんばってたよねぇ」

「……ばか」

「うぅ？」

「私がそうでもないって言ったら？」

「う……怒る」

「じゃあ、私がなに言ったっておなじでしょ。丸くんはさ、言ってたじゃない」

「なんか言ってたっけ？」

この子はほんとに私よりよっぽど察しがいいくせに。

「友人の心を打つくらいのプレイはしてみたいって。だからさ、丸くんにとって大事なのは私より友人にどう見えたかのはずでしょ。浅村《あさむら》くんに見せたかったようにさ」

真綾が顔をあげた。

あーあ、涙でファンデもメイクもぜんぶ流れちゃってるじゃないの。

「ほら。顔、拭いて拭いて」

言いながら顔にハンカチを押しつける。

「うう……」

「真綾《まあや》は友人なんじゃないの？」

「ぐす。たぶん」

「じゃ、私がここで『頑張ったって思うよ』なんて言うのは意味ないって。真綾が何度でも彼に言ってあげればいいんだよ。だって真綾にはちゃんとそう見えたんでしょう？」

ゆっくりと噛《か》んで含めるように言ったら、真綾はハンカチに顔を埋《うず》めたまま何度も何度も頷《うなず》いた。

そう、私の感想なんて意味がないのだ。

物語の主役に影響を及ぼす力が大きいのは脇役であって通りすがりの名もない一般人ではない。私は丸《まる》くんをよく知らない。彼の物語において私はゆきずりの端役Aでしかなかった。深く関わりのある人物であろうともしていない。

けれど——。

真綾はどうなんだろう。ただクラスメイトとして知り合って、たまたま事情に詳しくなって一生懸命に応援したのだろうか。

それとも、もっと深く関わろうと——丸くんが主役の物語に名前のある登場人物としてしっかりと登場したいと願っているのだろうか。

——真綾にとってどう見えたか。

——丸くんに真綾が自分で伝えてあげたほうがいいよ。

真綾にそう語りかけながら考えてしまっていた。私は、いったいこれは誰のことを言ってるんだろうかって。

雲が切れて日差しが戻る。

窓から差し込む光が床を四角く切り取った。

もう涙の跡はどこにも見えなくなっている。


渋谷《しぶや》の駅でみんなと別れて浅村《あさむら》くんとふたりきりになった。

太陽はようやく西の空に傾いて青い空が東のほうからすこしずつ色を濃くしていく。

夕方の道を歩きながら浅村くんの顔を覗き込む。

疲れたのかって訊《き》いたら、考えこんだ末に疲れたような気がすると自分の事なのに曖昧な返事をしてきた。

笑ってしまう。だって、あんなに必死になって応援していたら疲れないはずがないのだ。

小路《こみち》へと曲がると都会の喧噪《けんそう》は遠ざかる。

代わって蝉《せみ》の声がうるさくなった。

公園の中を通り抜けながら話をしていると、浅村くんはそういえばと、帰りがけに真綾との待ち合わせについて訊《き》いてきた。でもごめん。あれは真綾《まあや》のプライベートなことだから詳しくは話せないんだ。

浅村《あさむら》くんは私の答えに対してそれ以上は追求してこなかった。

こういうところが尊敬できる。他人のプライベートに無闇に踏み込んでこないところ。

でも、決して他人との距離を遠ざけようとしているわけじゃない。

……ちがうかな。

出会った頃の浅村くんはひょっとしたら遠ざけようとしていたのかも。

私もそうだったし。というか、私のほうが他人と距離を置きたがっていたと思う。

海の中の孤島のように。傷つかない硬い石のように。

強くありたくて、ひとりでも生きていけるだけの術《すべ》が欲しかった。

浅村くんも似たような感じだったけれど。

彼は私のようにあからさまな拒絶した雰囲気は醸し出してなかった。浅村くんには丸《まる》くんという親しくしていた友人が居たわけで。

私の場合は、真綾でさえ遠ざけようとしていたのだ。

そんな私に真綾は辛抱強く待ちつづけてくれた。浅村くんと出会った私が、張り巡らせた茨《いばら》の檻《おり》をゆっくりと解くまで。

ちょっとずつちょっとずつ。真綾は辛抱強かった。

まあ、かと思えば、私の知らないうちにあんなにがっつりと丸くんと仲良くなっているのだから、攻めるときは攻めるわけで。

コミュ強とは浅村くんが真綾を指してよく使う言葉だけれど。どちらかと言えば真綾は、「適切な距離感」というのを測るのが上手《うま》いのだと思う。

近寄っても平気な相手にはするすると近寄るし、私のような厄介な性格の人間にはゆっくりと近づいてきてくれる。

私とは大違いだ。私は他人との距離感を測るのが苦手だった。子どもの頃から他人と関わるのを拒否しつづけてきたからにちがいない。だから大抵の人は私のそっけなさに愛想をつかして早いうちに遠ざかるのだ。私の脳裏にちらりと最近できたばかりのバイト先の後輩の顔が浮かんだ。いきなり距離を詰めて懐いてきたように見えたのに、私が苦手意識をもってしまったからか、最近では意識して距離をとっている印象がある。うまくいかないものだ。

公園の端でキャッチボールをしている親子がいた。

「浅村くんは太一《たいち》お義父《とう》さんとああいうことしたの？」

たぶん、野球を観戦した帰りだから思いついた問いかけだろう。あまり深く考えて訊いたつもりはなかったのだけど。

そうしたら、浅村くんはスポーツよりも読書ばかりしていた、と答えた。言われてみなくても考えればわかりそうなものだ。そっちのほうが彼の印象にあっているし。

でも、私よりもよっぽどスポーツに詳しい。小説や漫画を読んでいるからだって謙遜するんだけどね。

野球の試合でも私よりもよっぽど詳しかったし。

そう言ったら、浅村《あさむら》くんは素人目線だよと言いながら、自分が興奮して声をあげていたことを恥ずかしいなんて言う。

「思わず熱くなってしまって体も動いていたから、冷静になって考えるとカッコ悪くてみっともない姿を晒《さら》してしまったかもね」

なんてことを言うのだ。

そのあなたの反応をあなたの友人はとても喜んでいたというのに。

私は柄にもなく強く否定していた。

浅村くんが照れていたから言った言葉なのはわかっていたけれど、でも言わなくちゃ。

丸《まる》くんには真綾《まあや》が言えばいい。

でも、浅村くんは――。

私は、そっと傍《かたわ》らを歩く恋人を盗み見る。浅村悠太《ゆうた》――私は彼の恋人でいたい。通りすがりの名もない一般人に今さら戻りたくない。

だから、友人を応援している姿が私にどう見えたのかを必死になって語る。

彼の瞳の中に彼の物語の重要人物として映り込みたいのならば、それを彼に告げるのは私じゃなきゃいけないはずだ。

手足を縮こまらせ、すくんでいたバレーコートの中の自分を思い出す。応援してくれたみんなの顔も。

適切な距離感。踏み出すべきときを真綾は躊躇《ためら》わなかった。

息を吸って、吐いて。私は言う。

「手、つなぎたいんだけど。いい？」

浅村くんは戸惑ったように私を見て、それから自分の手を見下ろした。手をさ迷わせたままなので、私は自分の手を思い切って前に出す。

「ん」

差し出した手を宙に浮かべたままどきどきしていると、浅村くんはそっとその手を取って繋《つな》いでくれた。そのままふたりの間に下ろした。

いつの間にか立ち止まっていた私たちは、そのまままた歩き出した。

「一生懸命応援してる浅村くんもさ――」

私が言うんだ。彼に。

「私は――かっこよく見えた、から」

蝉《せみ》の声がうるさくて助かった。もしもっと静かだったら、きっと私のこのどきどきという心臓の音を彼に聞かれてしまっただろう。

繋いでくれた彼の手を、私は離したくなくてしっかりと握り返した。

MF文庫J

義妹生活 9

2023 年 8 月 25 日　初版発行
2024 年 12 月 15 日　4 版発行

著者　三河ごーすと

発行者　山下直久

発行　株式会社 KADOKAWA
〒 102-8177 東京都千代田区富士見 2-13-3
0570-002-301（ナビダイヤル）

印刷　株式会社 KADOKAWA

製本　株式会社 KADOKAWA

Printed in Japan　ISBN 978-4-04-682764-7 C0193

●お問い合わせ
https://www.kadokawa.co.jp/（「お問い合わせ」へお進みください）
※内容によっては、お答えできない場合があります。
※サポートは日本国内のみとさせていただきます。
※Japanese text only

◆◇◇

【 ファンレター、作品のご感想をお待ちしています 】
〒102-0071 東京都千代田区富士見2-13-12
株式会社KADOKAWA　MF文庫J編集部気付「三河ごーすと先生」係「Hiten先生」係